JN307621

王太子の運命の鞭《むち》

秋野真珠

イースト・プレス

contents

序章

アルヴァーン国の宮殿はひっそりと静まりかえっていた。

執務官《しつむかん》たちの行き交う昼間は人の声も絶え間なく聞こえているが、今は深夜にもなろうという時間だ。王族の住居である紫宮も、国政を行う白宮も静まりかえっている。

ただ、国王の執務室である銀の間には小さく明かりが灯《とも》っていた。その静かなともし火の中で、国王であるデリク・クラヴィス・アルヴァーンは眉根を寄せて真剣な顔を歪《ゆが》めている。

執務机の向かいに佇《たたず》むのは、クリヴ・カタームだ。王太子の側近のひとりである。

ふたりは静かな暗闇で、密談をするかのように声を潜《ひそ》めて囁《ささや》き合っていた。

「……いったい、どうすれば、いいのか」

国王は嘆《なげ》いていた。それに頷《うなず》くクリヴも、その嘆きの意味をよく理解している。クリヴに頷かれて、国王はもう一度眉間に皺《しわ》を深く刻《きざ》み、声を絞《しぼ》り出すようにして呟《つぶや》いた。

「いったい、どうして、あいつはあのようになってしまったのだ……？」

「陛下……」

クリヴの声色は相手を気遣《きづか》うようなものだったが、その声はすぐに平坦《へいたん》に戻り、理性的になった。

「王子が十歳になられたときからお側に仕えておりますが、すでにあのようなご気性《きしょう》でした」

「……」

「最初のご教育に問題があったのでは」

「…………」

「非常に優秀な教師の方が指導に当たったと伺《うかが》っていますが、そのお方の……」

「知らなかったのだ！」

クリヴの言葉をただ受け止め深く聞き入っているようだった国王は、突然息を吹き返したかのように反論した。

その表情は、ひとつの明かりの中で見ても混乱しているのが解《わか》るものだった。

すでに老齢《ろうれい》に差し掛《か》かろうとしている国王だが、その厳《いか》めしい顔にはこれまでの人生を深く刻んでいるようであり、体格もよく、未だその威厳《いげん》は衰《おとろ》えを見せず、まだまだ国を導いていく力もあるように思える。

しかし今の顔は、焦《あせ》りを何かで誤魔化《ごまか》すようにうろたえていた。

「とても素晴《すば》らしい指導者だと、必ず王子のためになると、推薦《すいせん》されたのだ。私から見ても評判どおりの方だった！　それだけは間違いない！」

「……そうでしょうね。王子はとても利発《りはつ》な方で、幼い頃から私も尊敬いたしております。いずれ、この国を正しく導いてくださる、私のことも導いてくださる方なのだと……」

「そうだろう！　王子は本当に素晴らしい！」

国王の言葉は親ばかとも取れそうなものだが、国中の評判からして、その認識は間違いではないとクリヴも知っている。

幼少の頃から、一を聞いて十を知るような少年で、クリヴと出会った十歳の頃には子供向けの指導では物足りなくなっていた。さらに武芸にも秀《ひい》でていて、十四の頃には一端《いっぱし》の兵士より腕が立つようになっており、十五の初陣《ういじん》では、その知略《ちりゃく》を見せつけ勝利を収めた。それ以来、王子は負け知らずだ。

それればかりか民衆からも受けがよく、身分を問わず気さくに接する性格から、貴族はもとより平民からも慕《した》われていた。

極《きわ》めつけはその素晴らしい容姿だ。

父から受け継《つ》いだしっかりとした骨格に、祖母にそっくりだと言われる金色に輝く髪と煌《きら》めく碧《あお》い瞳。母譲りの彫刻《ちょうこく》のように整った顔は、ともすれば畏怖《いふ》を抱かせるほど美しいが、相手を気遣う穏やかな笑みを絶やすことはなく、結果、誰もかれもの心を摑んでしまうのだ。

そんな王子の評判を知らない者など、広い国土の端《はし》まで行っても見つからないだろうと言われるほど、国中が彼に期待していた。

国王は見てのとおり老いがある。跡を継ぐべき王子は誰が見ても素晴らしい。

けれど、ひとつだけ気がかりがあった。王子に未だ決まった女性がいないことである。

王子もとうとう二十八を迎えた。二十五を過ぎたあたりから問題視されるようになっていたが、王子が独り身のせいで国王は玉座を譲る時期を定められず、当の本人である王子より周囲のほうが慌て始めていた。

執政《しっせい》を手伝う王子の手腕は疑う余地もないほど見事なものだ。いつ王位を譲っても問題はない。しかしながら、国王は躊躇《ためら》っていた。躊躇う理由があったからだ。

一度血が昇った頭を落ち着かせて、国王はまた厳めしい顔をした。

「……せめて、王子の次の後継者を……いや、後継者を作ってくれる相手が見つからないと、安心できぬ……」

喉の奥から絞り出したような君主の声に、クリヴも表情を曇《くも》らせた。

つまり、国王は王子の次の世代を懸念《けねん》しているのだ。

国王自身の結婚は早かった。確か二十歳だったとクリヴは聞いている。王族としては珍しく恋愛結婚であり、王妃との間になかなか子供が生まれないことに周囲の憂慮《ゆうりょ》はあったが、ひとりの側室も持たず、結婚から十二年後、待望《たいぼう》の王子ができた。国王はもとより、国中が喜んだことはクリヴも知っていた。

　そしてその王子は民からも貴族からも評判がよく、次期王として期待が大きい。国王としてはすぐにでも玉座を譲りたいところだが、二十八にもなってまだひとりの妃《きさき》もいないことに不安を覚え、躊躇っているのだ。

　その躊躇いは、王子の側近であるクリヴもよく理解していた。

　君主の懸念に同調するように頷き、クリヴは目を細める。

「そのことですが、陛下……王子のお相手に、どなたかご推薦の方が？」

「いや、もう誰でもよい。あの王子が娶《めと》るのなら、身分も問わぬ。この血を絶やさぬことを約束してくれるのなら、誰でもいいから頼みたいくらいだ」

「……そうですか」

　君主の返答に、クリヴは詰めていた息を少し吐いた。

　胸のつかえが取れたような、そのほっとした溜め息に、国王は敏感に反応した。

「もしや、王子にはすでに誰かが……!?」

　期待するような国王の声に、クリヴは躊躇いつつ、首を振った。

「いえ、まだはっきりとは……。ですが、最近王子に、気になる方がいらっしゃいまして」

「なに!?　それはどこのご令嬢だ!?　いや、侍女でも町娘でも構わんが！」

「……一応、貴族階級の方でいらっしゃいます」

　歯切れの悪い返答に、国王は顰《しか》めた顔をさらに険《けわ》しくする。

「まさか……最近、王子のお気に入りと言われている、組手の相手という近衛隊の……!?」

「違います。どこまで情報が早いんですか。そして飛び過ぎです」

あまりに誤解の多い答えに、相手が君主ではあるが、クリヴは少々辛辣にきっぱりと否定しておいた。

とりあえず、王子の側近としては王子の名誉も守っておくべきだからだ。

「確か、御年二十になられる男爵令嬢です。今から三日前に、運命的な出会いを果たされました」

「そうか……女性か……」

国王は心から安堵《あんど》したように呟きながら、それでもさらに考えることができたのか、また眉根を寄せた。

「……大丈夫なのか?」

すべての事情が込められたその問いに、クリヴは迷いながらも頷いた。

「おそらく。何よりも、王子ご自身がお望みですから」

「そうか……」

何よりだ、と張りつめていた息を吐いた国王だが、やはりしばらくすると考え込み、暗い呟きを吐いた。

「……しかし、どうして王子はあのようなことに……」

　何がどうあっても、父親である国王にも理解できないことはある。

　王子に想い人がいることを知った後でも、不安の種は依然として消えないままなのだろう。クリヴはその不安も理解しながら、今更ここで嘆いてもどうにもならないと解っているからこそ、もうすでに国王も解りきっている答えを返した。

「それは、やはり最初のご教育が……」

「私のせいか!?」

「…………」

　普段は、誰からも心酔されるほど威厳のある国王だが、今はどう見てもただただ子供を心配する親の顔になっていた。

　クリヴは国王の不安を取り除きたかったが、安心してもらえるような答えも持ち合わせておらず、沈黙を保つことにした。

　国王は、椅子にさらに深く沈み込むことになったが、とりあえず大事な王子が一十八になって初めて誰かに興味を持ってくれたことには確かな希望がある。未来に一歩進んでいるのだ、という事実をひとまず喜び、王子の側近と深く頷き合っていた。

　それは、どんな手を使ってでも、王子をその相手と結婚させて、国の安寧《あんねい》を掴むのだ、という決意の表れでもあった。

一章

＊　三日前　＊

アルヴァーン国の王子であるラヴィーク・アラム・アルヴァーンは、鬱屈《うっくつ》としたものを抱えていた。

最近周囲が騒《さわ》がしいのである。

いや、うるさいと言った方が今の感情に近いのだろう。

誰にでも気さくで優しいという評判のせいか、ラヴィークを見かけると誰もが気やすく声をかけてきて、同じ言葉を繰り返す。

結婚だ。

宮殿に来ることが許されている貴族たちは、自分の娘や孫娘、さらには遠縁の子供まで紹介したいと言ってきて、最近ではその娘たちが自ら乗り込んできて、自身を売り込むようになっていた。

いったいどうしてそんなに押しつけてくるのか、ラヴィークでなくてもその言葉から逃げ出したくなるに違いないほどの押し売りだ。

おそらく、王子が花嫁探しをしている、という偽りの噂でも流れているのだろう。こういった噂はどこからともなく生まれて、これまで何度も損害を被ってきた。

もちろん、いずれ結婚するつもりではいるが、どうせなら好きな相手としたいと思うのはそれほどおかしなことだろうか？

王太子であるから、周りが心配するのは無理もないが、やはり好きでもない相手と結婚はしたくない。両親が王族では珍しく恋愛結婚だったから、その影響も強かった。

この理想を幼馴染みでもある側近たちに言うと、王族の自覚がないだとか、えり好みをするな、などと言われて呆《あき》れられる。それでも、ラヴィークは今選べる立場にあった。

自慢ではないが、執政能力が父王より劣《おと》っているとは思わない。国を守るために戦って勝つ力もある。近隣諸国の中でも、自分はもっとも素晴らしい嫁ぎ先になっているのを知ってもいた。だから当然、王族の娘や上級貴族の娘たちからの申し込みは後を絶たない。だが、他国との関係性を考慮した政略結婚の必要などないほど、アルヴァーンは栄えているのだ。

もし国のために選ばなければならない状況であったら、すでに候補者の中で一番利益の高い相手を選んでいる。

それこそ、隣国ガーシュラムの王女は今年二十歳になったというし、先年ガーシュラムの内乱を制圧するのに手を貸してやった見返りとして嫁がせることも可能だった。

ガーシュラムの王女は、その国の上位貴族であってもほとんど顔を合わせることのない深窓《しんそう》の令嬢らしく、ひとめで心のすべてを奪われるほどの美しさだと噂されている。

ラヴィークも一度も顔を合わせたことはないが、噂されるぐらいには魅力《みりょく》があるのだろう。隣国との関係を強化する意味では悪くない結婚相手だ。

しかし、結婚したいとは思わない。

何故なら、深窓の令嬢など自分の好みではないからだ。

選べる立場にあるというのに、好きでもない相手を選ばねばならない理由が解らず、ラヴィークは押しつけられる縁談《えんだん》にうんざりしている毎日だった。

そのもやもやを解消するために、身体を動かそうと近衛隊の訓練場に行ったものの、目当ての隊士が休みとあって鬱屈したものは発散できず、王子は不機嫌な気持ちを抱えたまま、歩き慣《な》れた庭を突き抜け宮殿へ戻ろうとしていた。

「王子」

そこを、馴染みの声で後ろから呼び止められた。

振り返ると、側近であるクリヴ・カタームが、先ほど撒《ま》いたはずのラヴィークの護衛隊士を連れていた。

彼らの顔に笑みはない。

「またおひとりで出歩かれて」

　クリヴは、王子たるものひとりで出歩くものではない、といつも小言を言ってくる。しかし、自分の身は自分で守れると自覚してからは、護衛たちに気を遣わないでいられる分、王子はひとりのほうが気楽だと強く感じてしまうのだ。

「僕に刃《やいば》を向ける者などこの宮殿の中にいるものか。いや、いるならむしろ連れてきてほしい」

　武芸の素質があると気づいてから、ラヴィークは鍛錬《たんれん》を怠《おこた》らなかった。しかし、ラヴィークの身分は良くも悪くも王子であり、王太子である。手合わせをしたところで、本気で斬《き》りかかってくる相手は限られていた。

　だからこそ、闇討《やみう》ちだろうと奇襲だろうと、ラヴィークは自分に本気で向かってくる相手はいつでも募集している。

　最近気に入っているのは、先日近衛隊の中隊長になったばかりの男だ。彼は剣じはなく組手が強い。そして、非常に負けず嫌いなところがあり、相手が王太子という立場であっても本気で相手をしてくれるのだ。さらに、なかなかの強者《つわもの》でもあった。

　つまり、今日の目当てはその彼だったわけだが、休みだと聞かされて仕方なく戻ってくるところなのである。

　よって、向かってくるならむしろ今すぐにでもかかってきてほしかった。

　ラヴィークの心情を理解しているのか、護衛たちは揃って溜《た》め息をついたが、クリヴが周囲の様子をあきれたように見て、先に口を開いた。

「それにしても、このような道でもない道を歩かずともよいでしょう。向こうにちゃんと庭園を楽しむための道があるというのに」

クリヴの説教にラヴィークは顔を顰める。

「駄目《だめ》だ。そろそろこの庭園は貴族令嬢たちの散策《さんさく》の時間なんだ」

だからこっそりと人目につかないように歩いていたのに、それを見つける側近たちはさすがに目聡《めざと》い。

クリヴは盛大に溜め息をついた。

「またそのようなことを……もっと深く話して付き合ってみれば、彼女たちにも良いところが見つかるかもしれないでしょう」

「いや、ないだろう」

側近たちもラヴィークに結婚を勧《すす》めてくるが、ラヴィークが何を求めているかを知っているだけに、他の者たちよりは諦《あきら》めてくれている。それでも、時折こうして諫《いさ》めてくるのはそれも仕事のひとつだからだろう。

クリヴの言葉に即座に否定で返すと、庭木の向こうに早速《さっそく》女性の声が聞こえてきた。

ラヴィークは内心舌打ちする。

ここで動けば、彼女たちに見つかって、また必要以上に絡《から》まれるかもしれないと思ったからだ。ラヴィークも自分の立場は理解している。王子である以上、好意を寄せてくる女性を無下《むげ》に撥《は》ねのけることはできない。

だから余計な手間を避《さ》けるべく、誰もいない時間を狙《ねら》ってこの庭を通り抜けるつもりだったのだが、ここで足止めしたお前たちのせいだと側近に恨みの視線を送りつつ、黙っているようにと唇に指を立てた。

溜め息をつきながらも、側近たちはラヴィークに忠実だ。王子の命令を守り、口を噤《つぐ》む。

そのうちに、植え込みの向こうから聞こえる声が鮮明《せんめい》になっていった。

「……それにしても貴女、よくこの庭園を歩けますわね」

「本当に。バーディ男爵家のご令嬢と言っても、貴女が元平民で養女であるのは皆知っていることですのに」

「こちらのアデライーダ様は伯爵家のご令嬢。そのように平民あがりの養女の貴女が道の真ん中に立って塞《ふさ》ぐものではありませんわ」

数人の女性から、一方的な非難の言葉が誰かに向かって放たれていた。

バーディ男爵家？

ラヴィークは国内の貴族の関係図は頭に入れている。確かにバーディ男爵家は後継ぎに養女を迎え入れたと聞いていた。しかし、その養女本人をラヴィークはまだ見たことがない。

そもそも、バーディ男爵家の当主は代々あまり王都に来ることがないのだ。ほとんどの時間を領地で過ごすうえに、王都に来ても自身の屋敷から出ることも稀《まれ》である。

前バーディ男爵は数年前に亡くなったため、現在はその夫人が特例的に爵位を継ぎ領地を治めているが、ラヴィークはその夫人にすら顔を合わせたことはない。

その情報を思い出しながらも、ラヴィークはこの身分の差のはっきりとした貴族社会で、上位貴族に蔑《さげす》まれている女性がどう打って出るのか、興味が湧《わ》いた。

正直なところ、平民であろうと貴族であろうと、王子にとっては皆守るべき国民である。その中で多少の上下関係はあっても、上の者は下の者を守るべきであって虐《しいた》げるべきではないという常識をもつラヴィークにとってみれば、男爵令嬢を蔑む彼女たちは結婚相手として論外であり、すでにそのリストからは消えていた。

ここでバーディ男爵令嬢が傷つけられるようなら、クリヴにでも言って助けてやるべきかもしれない、と思っていると、凛《りん》とした声が耳に届いた。

「――それだけですか？」

「なんですって？」

「言いたいことはそれだけですか、とお尋《たず》ねしたんです。もうおっしゃることがないなら、さっさと先へ進まれればよいのでは？」

「な――なんですって!?」

「貴女！　誰に向かって……！」

その場で誰よりも冷静な男爵令嬢の声には、意気込む相手の動きをすべて抑える力があった。

多勢《たぜい》に無勢《ぶぜい》で、若い娘にはなかなか耐《た》えられない状況だろうに、はっきりと言い返すその毅然《きぜん》とした声にラヴィークはさらに興味を引かれ、どうにか姿が見えないものかと植木の間から覗き込んだ。

するとそこには、整えられた庭園の道で、四人の娘と、ひとりの娘が対峙していた。

ひとりでいる方が、バーディ男爵の娘なのだろう。その佇まいは声と同じく凛としていて、ぴんと背を伸ばした立ち姿には膨《ふく》らみを抑えたドレスがとても似合っている。結い上げられた髪は金色で、どことなく赤みを帯びてもいて、白い肌によく映えていた。瞳の色までは確認できないが、横を向いた顔だちはすっきりとしていて化粧《けしょう》っけもないようだが、ラヴィークには好ましかった。

対して上位貴族の娘たちのほうは、金はかかっているが、装飾もごてごてとつけ過ぎていて、彼女たちの見栄《みえ》をひどく感じさせる。

バーディ男爵令嬢のドレスは、大人しい意匠《いしょう》ながらも、その布は上質のようだ。

そこでラヴィークは、バーディ男爵家の事業を思い出した。

裕福《ゆうふく》なのだ。

南方の肥沃《ひよく》な領地はとても豊かで、農作物の生産高もよく、それだけでも潤《うるお》っている土地だが、布地の加工や贅沢《ぜいたく》品と言われる装飾品、家具などの生産まで手広く行っている。その資産を元手に貿易も始め、王都にも大きな店を構えて非常に繁盛《はんじょう》しているはずだ。

上位貴族のほとんどが、そこの顧客《こきゃく》だと聞いたこともある。

身分が低いながらも、バーディ男爵家の娘が他の貴族相手に怯《ひる》まないのはやはり理由があったようだ。

とはいえ、四人を相手に尻込《しりご》みすることなく、むしろ気迫《きはく》で勝っている男爵令嬢に、ラヴィークは釘付《くぎづ》けになっていた。背後から「覗き見ははしたないですよ」などと小さな声で諫めてくるクリヴの言葉もあまり耳に入ってこない。

「このように舗装《ほそう》された広い道です。私ひとりとすれ違うくらい簡単でしょうに。私が避けなければならないほど大柄《おおがら》で難儀《なんぎ》しているというのなら別ですけど」

「く、口を慎《つつし》みなさい！」

「貴女、この方を誰だと――」

「誰も何も、存じております。うちの顧客の方々ですもの。ローゼン伯爵令嬢様。そのドレスに使われているレースはうちの最新のものですよね。お気に召していただけたようで光栄です。サドワ子爵令嬢様、胸元のブローチはうちの自信作です。シプリン子爵令嬢様、その扇の羽根は南の国から仕入れたばかりのものですのよ。ヴェルボフ男爵令嬢様、そのドレスはうちの意匠係が考えた斬新《ざんしん》な形で、国外でも評判ですの」

「――――」

バーディ男爵家の娘は、対峙する四人の素性をすべて知っていて、さらには身に着けているものをはっきりと見抜いていた。

「皆さま、男爵家ごときが取り扱う品物をお気に召していただいているようでありがとうございます。皆さまはご高名《こうめい》なお家柄ですからまったく心配はしておりませんが、最近はお支払いが難しいと泣きついていらっしゃるお家も珍しくありません。そういった方々には担保《たんぽ》をいただくかたちをお勧めしていますが……貴族の方には、代々伝わる家宝やお屋敷そのものを担保にされるなど酷《こく》なお話なのでしょう。泣きつくどころかお怒りになる方もいらっしゃいますの。でも代金も支払わず、勝手に取っていくなど盗人《ぬすびと》のようでしょう？　貴族の方々が盗人などと呼ばれぬよう、うちの者たちも手を尽《つ》くしておりますの。くれぐれもお気をつけくださいますよう、皆さまのお知り合いの方々にもお伝えいただきたいものですわ」

口調は柔《やわ》らかなものでありながら、醸《かも》し出される雰囲気はただの男爵令嬢のものではなかった。粗野《そや》な威圧《いあつ》感ではなく、気品すら感じる鋭さがある。

そしてふいに、男爵令嬢の手がドレスのスカート部分のドレープの間に一度隠れたと思うと、何かを取り出した。

「……な、なにを」

多勢であった四人の娘たちのほうが怯えた声を上げたのは、バーディ男爵家の娘の手にしているものが、黒い――鞭《むち》だったからだ。

男爵令嬢は問われて初めて手の中のものに気づいたかのように、黒い鞭を見て、ゆっくりと微笑《ほほえ》む。

「馬車用の鞭です。皆さまご存じのとおり、私は貴族といっても平民あがりの養女。大人しく馬車の後ろに座って揺られることには慣れていなくて……つい自分で操《あやつ》るほうに回ってしまうのです」

にこりと笑っているが、発言はとても貴族の令嬢のものではない。御者席に令嬢が座っていたら、道行く人が振り返り、何事かと思うだろう。

「私、馬車の扱いはなかなかのものですの。是非皆さまにも、私の操る馬車に乗っていただきたいわ……」

微笑みながら、男爵令嬢は軽く手を振り、地に向かってその鞭を撓《しな》らせた。

パシィン、と小気味《こきみ》よい音が響《ひび》き、それに合わせて四人の娘が小さな悲鳴を上げて立ち竦《すく》む。

その撓りを確かめるように鞭を両手に持ったバーディ男爵家の娘は、楽しそうにもう一度笑った。

「東方から仕入れた新しいお茶がありますの。皆さまご一緒なさいませんか？　このような道での立ち話もなんですもの。うちの品物について、ゆっくりお話しいたしませんこと？」

「ひっ」

完全に怯えた娘たちは、答えようにも上手く言葉が出てこないようで、悲鳴の中にもごもごと断りの言葉を含ませると、我先にと競うようにその場から立ち去って行った。

それを引きとめることなく見送ったバーディ男爵家の娘は、ひとり小さく首を傾《かし》げ、ぽつりと呟いた。

「……つまらないわ。もう終わりなの？」

物足りない、という気持ちをそのまま声にしたような呟きは、確かにラヴィークの耳に届いた。

最後に一振り、もう一度鞭を撓らせ、ひとり取り残されたバーディ男爵家の娘も歩み去っていくのを見送りながら、ラヴィークは打ち震えていた。

「……王子？」

無言のままのラヴィークを心配したのか、一部始終を一緒に見ていたクリヴが声をかけてくるが、反応できずにいたくらいだ。

「王子、大丈夫ですか？」

護衛のひとりはさらに心配したのか、ラヴィークの肩を摑んで大げさに揺らしてくる。

そこまでされてもラヴィークの反応は鈍《にぶ》かった。

ラヴィークは、鞭を手に立ち去った令嬢に夢中になっていた。見えなくなった姿がまだ見えているかのように、目がそこから動かない。

心から、身体の奥から震えているということに、自分でもようやく気づく。その震えは、静かにラヴィークの感情を下から押し上げ、吐き出せる場所を探すように渦巻《うずま》く。ラヴィークはそれを押さえこむように、大きく肩を上下させた。

まさに興奮と言ってよかった。

「王子……」

ラヴィークの状態に気づいたクリヴが冷ややかな声をかけてくるものの、まったく気にならなかった。

「クリヴ！」

「……はい」

「彼女にする！　あの娘にしたい！」

「……なにをされるおつもりですか」

ラヴィークのことをよく知るクリヴなら解っているだろうに、何故かあえて聞いてくる。

ラヴィークは、冷めやらぬ興奮そのままに答えたのだった。

「あの娘と結婚しよう！」

「…………」

ラヴィークに忠誠を誓っているはずの側近たちからは、珍しく何の返事もなかった。

しかし、ラヴィークが本気だということは伝わっているはずだ。

やっと見つけたのだ。

ようやく自分の心を射貫《いぬ》く存在を見つけた。

この興奮は、もう収まらないだろう。

ラヴィークは心を決めて、奇跡に満ちた世界に感謝した。

待ったかいがあったのだ。探し続けたかいがあったのだ。

きっとあの娘なら、毎日が楽しくなるに違いない。悦《よろこ》びに満ちた日々を送れるはずだ。

自分の理想とする幸せな日々が、間もなく現実のものになると確信したラヴィークは、黙ったままの側近たちを無視して明日からの楽しい生活に想いを馳せていた。

あの雰囲気、あの笑み、あの人を蔑んだ口調――そして、撓る鞭。

バーディ男爵令嬢は、ラヴィークの理想がまさに具現化した女性だった。

「ああ、一刻も早く僕を……罵《ののし》ってくれないだろうか」

うっとりとした声は小さなものだったが、確かにラヴィークから発せられていた。

アルヴァーン国の王太子の、熱い呟きだった。

＊　＊　＊

レナ・バーディ男爵令嬢は、今年二十歳になった娘である。結婚適齢期を少し超えてはいるが、慌てて結婚相手を探すつもりはまったくなかった。バーディ男爵家の屋敷の中にも急かすような者は誰ひとりいない。

それはレナの素性を皆が知っているからだ。

レナが男爵令嬢となったのは三年前のことだ。まだ貴族になって、三年しか経っていないのである。それまでの十七年を平民として、しかもほとんどが流浪《るろう》の民のような暮らしをしていたのだから、どれほど生活環境が変わったのか解ってくれているのだ。

　レナは、二歳くらいの頃に隣国ガーシュラムの孤児院に置き去りにされた子供だった。貧しい身なりの女性が、わずかなお金とともに置いていったらしい。

　孤児院は豊かではなかったが、幸いにも、レナは人の好《よ》いシスターによって愛情深く育てられ、他の子供たちと一緒に大きくなった。しかし、そんな貧しくとも平穏な日々は、突然終わりを迎えた。

　レナが五歳になる頃、ガーシュラム国は将軍のクーデターによって争いの国に変わってしまったのだ。

　内戦が続き、この機に侵略してきた他国とも争っていた。その戦渦《せんか》はレナのいた町も襲い、一晩で焼け野原になってしまった土地は人の住むところではなくなった。

　一緒に暮らしていた子供たちも、大切に育ててくれたシスターも、そのときに亡くなった。レナにしても、兄のように慕っていたユハ・コレルがそばにいなければ、他の子供たちと同じように命を落としていただろう。

　レナより十歳年上のユハに手を引かれ、戦火を逃《のが》れてどうにか辿《たど》り着いたのがこのアルヴァーン国だ。アルヴァーン国はガーシュラム国よりも豊かで、まだ少年のユハでも、子供ふたりがどうにか食べていけるほどの仕事をもらうことができた。

　そのユハに育てられてレナが十歳になったとき、レナとユハのふたりは町の領主であったバーディ男爵の奥方であるブリダに拾われた。

　ブリダは変わった女性だった。孤児だったレナたちに教育を施《ほどこ》し、領地を管理する仕事も教えた。青年になっていたユハはその恩に報いようと、男爵家をさらに発展させるために、どんな仕事も精力的にこなした。

もちろんレナもユハと同じ気持ちで、領地の仕事も、貴族としての振る舞いも、教えられることはすべて覚え、領主の館で侍女として働くようになった。侍女として男爵家の役に立てることを、レナは嬉しく思っていた。

なのに突然、レナが十七歳を迎えたとき、ブリダはレナを養女にすると宣言したのだ。レナにはまさに寝耳《ねみみ》に水の話だった。

ブリダの夫は、レナが男爵家に拾われて五年後、病で亡くなった。もともと、あまり身体の丈夫な方ではなく、ふたりの間には子供もいなかったため、家督を誰に譲るのか、親類の間で少なからず揉め事もあった。

しかし、男爵家で働く使用人たちは、レナも含めて誰もがブリダを信用していたため、不安になることもなく日々を過ごしていた。そこにはレナたちの知らない争いもあったのかもしれないが、ブリダという女性は、その辞書に「困る」とか「躊躇う」などという言葉がないのではと思うほど即断即決の人で意志が強く、さらには不条理なことを嫌う。従っている者たちからすれば、安心して行く末を任せていればよかったのだ。

結局、ブリダは跡目争いを制し、特例として自らが男爵家の爵位を継ぐことを容認させ、後継者を決める権力までも手にしていた。

出会ってから十年以上経つが、ブリダは初めて会ったときと変わらぬ妖艶《ようえん》な容姿を保っている。美しい未亡人ということで求婚者は後を絶たなかったようだが、結婚までには至っていない。男爵になったにもかかわらず、自分のことをいつまでも「男爵夫人」と呼ばせ、他の男性など歯牙《しが》にもかけないそぶりを見せていたのもあるが、何より彼女の性格が苛烈《かれつ》であるせいだった。

自分にも厳しいが、他人にはさらに厳しい人なのである。いや、時折とても優しく微笑んでいるが、そういうときは耳を塞ぎたくなるような罵詈雑言《ばりぞうごん》が、流暢《りゅうちょう》に、なおかつ美しい言葉で零れ出ている。

最初はとても驚いたものの、正しいことをしていれば決してブリダは怒ることはない。それをレナは知っていたので、自然と彼女の価値観に慣れ、知らないうちにそれに染まっていたようだ。

そんなレナの成長を見たユハには残念そうな目で見つめられ、「昔の俺のお姫様はどこに……」などと嘆かれるようにもなったが、レナは今の自分になったことは後悔していない。むしろブリダには感謝の念しかない。

親に捨てられるような子供だったレナに、人としての自信をつけてくれたのはブリダなのだ。

とても感謝していた。

しかしながら、養女にする、ということについてはまた別の話だ。

どうしていきなり養女なのか。どうして自分が選ばれたのか。

ブリダの屋敷には、他にもレナと似た境遇《きょうぐう》の娘はたくさんいた。その中からレナが選ばれたのが不思議でならない。

養女が必要だったのは、男爵家を自分の代で途絶《とだ》えさせるわけにはいかず、跡目に誰かを据える必要があるからだとブリダは説明した。

商才のあったブリダは、貴族としては珍しく、田舎《いなか》の領地を治めるに留まらず、いろんな商いに手を伸ばし、男爵家という下流の地位でありながら、上流貴族にも劣らない資産を築いていた。

そして、その資産をさらに増やしていくためには爵位を守っていかなくてはならないのだという。

何故なら、商会で働く者のほとんどがバーディ男爵領の領民でもあるからだ。

元男爵には親戚がいて、その者にも爵位の継承権はある。それ以外にも富を生む商会を男爵家ごと手に入れようとする者は少なくない。だがその者たちが、領民や商会で働く者たちにとって良い主《あるじ》になるとは限らなかったし、実際ブリダのお眼鏡《めがね》には適《かな》わなかったようだ。使用人たちも今のバーディ男爵家だから仕《つか》えているという者が多く、その者たちを守っていく義務があるのだとブリダは言う。

だからこそ、男爵家は存続しなければならない。そしてそれはブリダの意志を継ぐ者であることが望ましい。

そのような理由により、ブリダは養女を迎えることに決めたらしい。

らしい、というのは、何度説明をされても納得したくなかったし、三年経った今でも、どうして自分なのかレナには解らないでいたからだ。

養女の話が出たとき、レナは自分は大人しい令嬢でいることなどできない、と言って断ろうとした。しかしブリダは、まったく変わる必要はないと断言した。

今思えば、侍女としての教育の中に、貴族としての振る舞いも含まれていた頃から、ブリダは画策《かくさく》していたのかもしれない。貴族に仕える振る舞いは全員が教え込まれたが、貴族としての振る舞いまで含まれていたレナの教育はおかしかったのだ。

結局、レナがブリダに逆らえるはずもなく養女になったわけだが、ブリダに教わったままの嫌みな性格と人の揚げ足を取る口調、鞭を使って他者を操る癖《くせ》などは直す必要がないと言われたために、ここにおかしな貴族令嬢が誕生したのだった。

「あーあ、もう帰ろうかなぁ……」

レナは最近日課としている宮殿の庭の散策を終え、バーディ男爵家のタウンハウスに戻っていた。

レナが帰りたいと望んでいるのはタウンハウスのことではない。マナーハウス、つまりバーディ男爵家の領地である。

レナは、同じ年頃の貴族令嬢たちが憧《あこが》れるような「王都での恋」にはまったく興味がなかった。それよりも、これまでと同じように領地で経営を学び、ブリダの手伝いをしているほうが楽しかった。ブリダも男爵の地位にありながらめったに王都には訪れない。だからレナもその必要性を感じなかったのだが、それでも王都に赴いたのは、現在王都で話題になっていることを耳にして、興味を引かれたからだった。

ブリダにも面白そうだから行ってこいと勧められて、今年の春から王都で暮らすことになった。王都の商会には兄と慕うユハもいるし、不安などまったくなかった。

そこで初めて、レナは社交界を知った。それまでの田舎暮らしとはまったく違う、窮屈《きゅうくつ》な暮らし。

もともと平民であるレナが、やすやすと貴族社会に溶け込めるはずもなく、それどころかまったく性格を変えることなく、言いたい放題《ほうだい》やりたい放題に振る舞ったものだから、社交界には瞬《また》く間にレナの悪評が広まった。

バーディ男爵令嬢は平民出の養女で、マナーも知らない田舎娘である、と。

まったくそのとおりなので、レナは落ち込むこともなかったが、男爵家を貶《おとし》めるような噂を言われるままにしておく性格でもなかったために、つい反撃してしまう日々を送っていた。

上流貴族たちは、レナが想像していた以上に平凡で、毎度毎度同じことしか言わない退屈な人々でしかなかった。数回パーティに出席しただけで、レナはすでに社交界というものに飽《あ》いていた。

何しろ、三日前にも同じように貴族の令嬢に絡まれ、同じようにあしらった。あまりに同じ過ぎて、いつ誰を相手にしたかも解らなくなってしまうほどだ。けれど三日前は少しやりすぎたかも、とため息を零す。

鞭は出すべきではなかった。いつもは我慢できているのに、自分でも気づかないうちに焦りが募りいらついていたのかもしれない。

レナが宮殿に通い、他の貴族令嬢と同じように庭を散策し、王都をうろついていたのには理由があった。

レナにはどうしても会いたい人がいた。

その人に会って、一言でもお礼を言いたかった。

きっと相手は覚えてもいないだろう。けれどその人が最近、花嫁探しをするために、宮殿やその周辺をぶらついているらしいという噂を耳にして、レナは王都に行くことを決意したのだった。

つまりレナは、自分のわがままのために王都に来ているのであったが、あまりに退屈な日々のため、会うのはひとまず諦めて領地に帰ろうか、と思い始めていたのだった。

領地に戻ればブリダがいる。少なくとも、何の変化もない王都より、よほど充実した毎日が送れるだろう。

王都にある商会はユハが責任者となっているから、彼に会えることはとても嬉しいことだったが、ユハはどうしても手伝いが必要なときを除いて、レナが商会に顔を出すのをよしとしない。せっかく貴族の令嬢になったのだから、使用人のようなことはするなと言うのだ。

他の貴族に見つからなければいいのではないかとレナは思うのだが、いつ誰の目があるかも解らないから、とユハはすぐに追い返そうとする。ユハはレナの幼小時代を知る唯一の人だが、その頃からレナをお姫様のように大事にしてくれていた。男爵家の養女になって一番喜んだのもユハだ。レナの性格を知っているくせに、綺麗に着飾った人形のような姿を見て満足するのだ。レナはお人形遊びをする趣味はないから、最近ではユハに会いに行く回数も少なくなっている。

やはり、退屈だった。

そんなレナの深い溜め息を、屋敷で出迎えた侍女のキラはしっかりと聞き留めたようで、顔を顰めた。

「もう？　辛抱《しんぼう》足りないわねぇ」

「でも、もう半年以上ここにいるのに？　充分辛抱したと思うけど」

親しい口調で返すと、キラに笑われる。

「まだ半年でしょ」

キラは侍女だが、気やすい口調について誰かが咎めるわけでもない。客人の前では使用人として振る舞うものの、身内しかいないところでは昔と変わらない付き合いを通していた。

それは、レナが養女になるときに、ブリダや使用人たちにお願いしたことでもあった。

立場が変わったからといって、昨日までの付き合いがなかったかのように接されるのは悲し過ぎるからだ。

年も近く、レナの気持ちをよく理解しているキラは、社交界に辟易《へきえき》したレナの様子を見て笑う。

「本当、我慢できないのよね、レナは。そもそも、宮殿に行って半年足らずで会えると思っているほうがびっくりよ」

「……そうかなぁ？」

レナにしても、すぐに話ができるなんて思っていない。

ただ、姿さえも見ることができないとは思わなかった。

レナの願いは、この国では今や一番困難なものであった。

レナは、アルヴァーン国の王太子である、ラヴィーク王子に会いたいのだ。

「あの完璧な王子様に会いたいだなんて。貴族のご令嬢だけじゃなく、平民の娘だってみんなが願っていることなのに、そんなに簡単に叶うはずないじゃない」

確かにそのとおりなのだろう。

バーディ男爵家は貴族とはいえ、やすやすと王族と顔を合わせられるほど身分は高くはない。

それはレナもよく解っていたが、まったく姿を見られないなんて予想していなかったのだ。考えが甘かったのかもしれない。

「それにしても、レナがそんなに王子様に夢中だとは思わなかったわ……王太子妃の座を狙っているの?」

　本気で?　と首を傾げてくるキラに、レナはからかわれているのが解るから、顔を盛大に顰めた。

「だから別に結婚したいわけじゃないの。それは他の、ちゃんとした令嬢にお譲りするわ。ただ、もう一度お顔を見て確かめたかっただけなのに……」

　どうして叶わないのか。

　レナが貴族になって喜ばしかったことはひとつしかなかった。

　十数年前、ユハに手を引かれ、ちょうど国境を越えてこのアルヴァーンに辿り着いたとき、そこで起こった戦闘に巻き込まれた。争いが起こりそうな場所に住む人々は、兵士たちが集まる前に逃げてしまうものだが、流浪の民のように各地を彷徨《さまよ》っていたレナたちは、まんまと逃げ遅れてしまったのだった。空気が震えるような大きな怒声や、剣戟《けんげき》の激しい戦場の中、いつの間にかユハともはぐれてしまい、レナは瓦礫《がれき》と化した建物の陰に隠れて震えているしかなかった。

　唯一頼りにしていたユハの姿を見失ったことは不安でしかなかった。しかし泣いて騒いだとしても、殺気立つ兵士に見つかればすぐに殺されてしまうだけだ。

　じっとしていれば、いつかユハが見つけてくれる。

　他のことは考えず、ユハが来てくれることだけを考えて息を潜めていると、少し離れたところにユハの姿を見つけた。慌てた様子で、必死にレナを探しているようだ。

自分はここだ、とレナが駆け寄ろうとした瞬間、すぐ近くで血の匂《にお》いがした。驚いて振り返ると、そこには血で赤く染まった兵士が、虚ろな目でレナを見下ろしていて、躊躇うことなく剣を振り上げた。

もう、駄目だ。

他には何も考えられなかった。

このまま終わるのだと茫然《ぼうぜん》と思った瞬間、剣を振りかざした兵士がぐらりと横に揺れ、崩れるように地に倒れた。レナの目は無意識に倒れた兵士を追っていた。

——大丈夫か

それは、低過ぎない、まだ少年ともいえる声だった。

レナは自分へ問われたのだとはすぐには解らなかった。倒れた兵士を見つめたまま固まっていると、その声の主は、ふ、と笑ったようだった。

混乱したまま、レナは声の方に目を向ける。つま先から徐々に視線を上げていくと、その身体つきが、他の兵士たちと比べるとまだ細く、本当に少年のようなのに驚く。しかし、身に着けている武具が軽いものでないのはレナにも何となく解った。

そして、その重そうな武具の上にあったのは、血と埃《ほこり》にまみれた戦場にはまったくそぐわない、清廉《せいれん》で美しい顔だった。

他の兵士のように兜《かぶと》をつけていなかったために、金色に輝く髪がさらさらと風に揺れていた。それは凄惨《せいさん》な現実を忘れさせるほど衝撃的なものだった。

——おうじさまなの？

レナはつい、思ったことを口にした。

彼は、レナが孤児院にいた頃、シスターが読んでくれた絵本に出てきた、お姫様を助ける王子様にそっくりだったのだ。

けれど、レナの問いに目を丸くした少年が何かを答える前に、ユハがレナに駆け寄り抱き上げた。

ユハはすぐさま少年に深く頭を下げると、その場から走り去った。

その後、また何時間か彷徨うことになり、辿り着いた先がバーディ男爵家の領地で、数年後にそこでブリダに拾われるのだが、問題はその助けてくれた少年だった。

後で確かめてみると、その少年は本当に王子様だったのだ。

レナより記憶力の確かだったユハは、少年の武具につけられていた紋章《もんしょう》をよく覚えていて、その武具と彼の年の頃、美しい金髪の組み合わせは、その日が初陣だったというアルヴァーン国の王太子以外にいなかったのである。

あのとき、王子が驚いたのも無理はない。

何しろ、初対面の子供がまったく無意識に王子本人に対して「王子様？」などと聞いてきたのだから。

レナとしては、そのときの発言はなかったことにしてほしいほど恥ずかしいものだったが、王子が自分を助けてくれたことはなにがあっても忘れたくないと思っていた。

あのとき王子がいなければ、レナは今ここにいない。

日々感謝するのは当然のことであり、できるなら直接会ってお礼も言いたかった。

しかし見ず知らずの男爵家の娘、しかも養女であるレナに突然そんなことを言われても、王子も困るだろう。だから、遠くからでもひとめ顔を見て、心の中でお礼を言わせてもらうだけでよかった。

幼い記憶は、十数年の間に次第に薄れ、曖昧《あいまい》なものになった。

はっきりと思い出せるのは、彼の輝いていた金色の髪だけ。

せめて、恩人の顔くらいはこの先ずっと覚えていたい。

レナはそう思って社交界に出て、その姿を探した。しかし、未だその願いは叶わないままだ。

「まあでも、初恋の人が王子様なんて、レナはさすが貴族様のご令嬢だねぇ」

「キラ！」

からかう侍女にレナは思わず声を上げる。

もちろん、王太子妃になりたいだとか、そんな分不相応《ぶんふそうおう》な願いを抱いているわけではない。それでも、レナだって女なのだ。命の危機を救ってくれた男性に特別な感情を抱いたとしても、責められることでもないだろう。

しかし気心も知れた間柄《あいだがら》では、貴族になったレナをこうしてあげつらってからかうのが楽しいらしい。

初恋の相手が王子で何が悪いのか。ただ会いたいと思うだけなのだから、きっと誰にも害はないはずだ。

レナがそう結論づけたとき、男爵家の家令であるドミトリ・キエフがいつもと変わらぬ落ち着いた声でレナを呼んだ。

「レナ、宮殿へ行く支度《したく》を」

「え……？　今帰ってきたところなのに？」

男爵家に長く仕える家令は、五十を越えても、未だ現役でこのタウンハウスを取り仕切る頼もしい存在だ。レナに貴族令嬢としての教育を施してくれた人でもある。

そのドミトリは真面目《まじめ》な顔で、帰宅したばかりのレナにもう一度支度するよう他の侍女たちにも指示を出している。

「ええ。なるべく早急に、という早馬《はやうま》が来ていますよ。今日はいったい何をしでかしてきたのですか」

「何もしてない……わよ？」

レナが何か騒ぎを起こしたという前提《ぜんてい》で問われるので、誤解だと言い返してみたが、連日のように庭で他の令嬢たちとやりあっていることを思い出した。

まさか、あの人たちが騒ぎ立てているのだろうか。

レナとは典型的に合わない生粋《きっすい》の令嬢たちは、他の貴族たちと同じように自尊心だけが高い人間に思えた。だからこそ、レナが陰湿《いんしつ》な苛《いじ》めに反抗して言い負かしたとしても、公《おおやけ》になることはなく、せいぜい次に会ったとき、また何か言われるくらいだろうと思っていたのだ。

目を泳がせたレナに、ドミトリは静かな視線をじっと向けてくる。

この視線は苦手だった。

ドミトリの言うことはいつも正しく、レナは勝てたことがない。ドミトリは、平民上がりの養女に仕えることに不満など一言も漏《も》らさなかったが、礼儀については一番厳しい人だった。

堅苦しさでは、男爵家の当主であるブリダも刃向かえないほどだ。

その静かな目にうろたえるレナに、ドミトリは小さく嘆息《たんそく》した。

「貴女が自由でいることは、ブリダ様も望まれていることなので結構ですが、何をやってもよいという意味ではないのですよ。そもそも、立ち振る舞いもブリダ様に似せる必要はないのです。貴女は少し受け流すことを覚えるべきで……」

「ドミトリ様ドミトリ様、レナの用意を急がなくていいのですか？」

いつもは冷静なドミトリだが、小言を言い始めると長いことが欠点だ。それを遮《さえぎ》ったキラにレナは感謝の視線を送る。

キラの言葉でそのことを思い出したドミトリも、レナの用意を急がせた。ドレスまで着替える指示を受けて、レナは首を傾げる。

「いったい誰が呼んでいるの？」

自分を呼び出しているのがあの令嬢たちなら、同じドレスでも構わないだろう。

ドミトリはいつもの冷静さを取り戻した顔で、さらりと答えた。

「王太子ラヴィーク様です」

「――――は？」


宮殿に到着したレナが門番に事情を説明すると、連絡を受けていたのか、すぐに執務官であり王子の側近でもある男が出迎えた。

クリヴ・カタームと名乗ったその男は、とても真面目そうな顔をしていて、礼儀正しい人物のようだった。レナは屋敷を出る前に家令のドミトリから言われたことを思い出しながら、王子のところへ案内される間にそっとクリヴに訊いた。

「あの……カターム様、私はどうして……いいえ、本当に王子様が私をお呼びなのでしょうか？」

この道の先が、宮殿の庭でのレナの振る舞いについて問いつめるための警吏室《けいり》であってもおかしくないと思っているのだが、クリヴは当然、とばかりに頷いた。

「はい。青の間でお待ちです」

青の間、と聞いてレナは背中にすうっと何かが通り抜けた気がした。

宮殿に出入りするようになってまだ日の浅いレナでも、それが誰の部屋なのかは知っている。銀の間は国王陛下の執務室であり、その向かいにある青の間は、王太子の執務室なのだ。その部屋を、王太子以外の誰かが勝手に使うことは許されない。

本当に王子本人が呼んでいるのだと、改めて自覚したレナが動揺してもおかしくないはずだ。

「自ら出向くと言い張るのを、どうにかなだめて待ってもらっているのです。本当に猪突《ちょとつ》猛進《もうしん》と言いますか、自分の本能に忠実過ぎて困ります」

緊張が頂点に達していたレナは、ぼやきに近いクリヴの言葉を聞き流していたが、まともに耳に入っていたら、王子に対する臣下の発言にしては無礼《ぶれい》であることと、そもそもの発言内容にひっかかりを覚えていたに違いない。

そのうちにレナは本当に青の間の前まで連れて来られていた。

クリヴは軽くノックをして入室の合図をしたものの、許可が出るより早く「王子、お連れしました」という軽い挨拶《あいさつ》をして入っていく。それを慌てて追い、レナもそっと挨拶をし部屋に踏み込んだ。

「失礼します……」

クリヴに促《うなが》され、緊張の糸が張りつめたまま入った青の間は、なるほど、とレノが一瞬現実を忘れて見入ってしまうほど素晴らしいものだった。

青の間。その名のとおり、青一色で統一された部屋だった。

と言っても、華美過ぎることもないし、落ち着かないわけでもない。

どちらかと言えば簡素にも見えるが、置かれている調度品は最高級のものだ。バーディ男爵家の商会でいろいろな品物を見て目を鍛《きた》えられたレナにはその価値が解った。

部屋の内装などに驚いたあと、次に目に入ったのは一番奥の大きな執務机の椅子に腰かけている人物だ。

見事な内装が瞬時に目に入らなくなるほどの、圧倒的な存在感。

まさに呼吸を忘れるほど、レナは目の前の人物に魅入《みい》られた。

彼が、王太子であるラヴィーク王子なのだと、誰に教えられなくても解るからこそ、言葉が出てこない。

「王子、バーディ男爵家のレナ様をお連れいたしました」

「——ぶってくれないか」

「————は？」

側近であるクリヴがレナを紹介すると、真剣な顔をした王子がぽつりと呟いた。そう、呟いたのだろう。確かに王子の言葉だったと思う。

しかしその意味が解らなかった。レナは貴族になって日が浅いため、上流階級の駆《か》け引きのような会話についてはまだ勉強不足なところがあるのだ。

もしくは、自分の聞き間違いだ。

この彫刻のように美しく洗練《せんれん》された王子に圧倒されて、レナは普段では考えられないほどにぼうっとしているのだから。

金色に輝く髪は、記憶のとおりだった。

王子はもう二十八になるはずだ。記憶に微かに残っている少年のような幼さなどどこにも見当たらない。そこにあるのは左右対称に整った顔だちと、強い意志を思わせる碧い瞳。きりり、と結ばれた唇と、座っているのに大きく見える身体つきだ。それは成熟した大人の男のものであり、これでは国中の女性から狙われても仕方がないはずだと納得した。

遠くで見るだけでも充分だったのに、こんなに間近で見ることができるなんて。いたく感動を覚えていたレナは、だからこそ自分の耳がおかしくなってしまったのだろうと思ったのだ。

王子の口から、「ぶって」などという言葉が出る意味が解らない。

それとも、他の令嬢に嫌みを言ったことがばれて、そのお仕置きとして、レナ自身が自分をぶてという意味だろうか、とまで思考が回ったところで、レナの側にいたクリヴが王子の側に寄り、何事もなかったように会話を続ける。

「此度《こたび》の王子のご用件は、まだレナ様にお伝えしておりません。王子から直接ご説明を、と思いましたので。それからあまり遅い時間まで拘束《こうそく》されてはレナ様にもご迷惑になりますので、簡潔にお願いいたします」

「……うむ」

クリヴの言葉に素直に頷いた王子に、レナはやはりさっきの言葉は聞き間違いだったのだとほっと胸を撫《な》で下ろす。すると急に、自分の格好におかしなところはないか気になり始めた。

　スカートのドレープの間には、見た目には決して解らないようにはなっているけれど、手を差し込む継ぎ目を設けてある。それは太ももに備えつけた鞭をいつでも取り出せるようにするためだ。護身用ともいえる鞭を、つい癖でつけてきてしまったが、透けて見えていないだろうか。解らないはずだけれど、と内心ドキドキしながらもなんとか気持ちを落ち着かせようとする。

　このドレス姿については、キラを始めとする屋敷の侍女たちや、ドミトリにも大丈夫と太鼓判《たいこばん》を押されたが、男爵令嬢といってももともとは平民だ。いくら仕立ての良いドレスに身を包んでも中身が伴《ともな》っていなければ、滑稽《こっけい》に見えてしまうだろう。

　だが、ブリダからは、長いドレスでの足運びから指先の動きに至るまで、徹底的に教え込まれている。その教えを思い出そう。

　ブリダはとても優しい女性だけれど、人を小馬鹿にするような言動は生まれつきのようで、レナもその言葉に翻弄《ほんろう》されて育った。おかげで、負けるものかと必死になり合格点をもらえるほど貴族としての振る舞いを身につけることができた。そのついでに、ブリダの言動も受け継いでしまったことは、ユハを始めドミトリや他の使用人たちからも嘆かれているが。

　しかし、レナは今の自分が好きだし、間違っているとは思わない。バーディ男爵家を引き継いでいく者としては、最適のはずだ。

憧れ続けた王子の前にいるからといって、その自分の何かが損《そこ》なわれるわけではない。むしろ、今まで学んできたすべてを出すべきだ。

レナは洗練された女性に見えるように、精《せい》いっぱい余裕のある笑みを浮かべ、王子の次の言葉を待った。

王子の目が、まっすぐレナに向けられる。

その碧い目を見ていると、こちらのすべてを見透かされているようで、胸が大きな音を立てた。

「レナ・バーディ、頼みがある」

「王子、話すべきことをちゃんと頭で考えておられますか？」

頼み、と聞いて驚いたものの、クリヴによって会話が中断される。王子は自分の言葉を遮られてもどかしくなったのか、煩《わずら》わしそうに側近を睨みつけていた。

「うるさいぞクリヴ、解っている！　お前は少し出ていてくれ。僕は真剣に話したいんだ」

「……そうですか？」

「クリヴ！　他の者も出ていろ」

少し苛々《いらいら》とした様子の王子は、護衛として控えていた他の近衛隊士にも手を振って部屋から出て行くように指示をする。

慌てたのはレナだ。

この美しい青の間に、王子とふたりきりになる。そんなことが許されるのかと、上品に上げていた口角《こうかく》をひきつらせながら退室していく人々を見送った。

王子が出て行けと言った以上、レナが待ってと言えるはずもない。この部屋に入って来たとき以上の緊張がレナに走る。

王子はレナの憧れの人だ。命の恩人でもある。そして改めて見ても、恐ろしいほど綺麗な人で、この王子を前にして、無難《ぶなん》に対応できる自信はない。どれほどブリダに厳しく躾《しつ》けられていても、緊張するなと言うほうが無理があるのだ。

「お、王子様……」

ぐるぐるといろんなことを考えた末に、やはりふたりきりでは無理だと感じたレナは、無礼を承知で、クリヴたちを呼び戻してもらえないかお願いしてみようとまず呼びかけたのだが、すぐさま、王子の鋭い視線がレナを貫いた。

「ラヴィークだ」

「はい？」

「ラヴィークと、名前で呼ぶように。僕もレナと呼ばせてもらう」

「は、はい。ラヴィーク様」

逆らえない何かに気圧《けお》されて、レナは言われるまま名前を呼んだ。

王子は何が嬉しかったのか、にこりと笑う。その笑顔にはまるで子供のような無邪気《むじゃき》さがあって、レナは目を瞬かせて驚いた。

機嫌のよくなった王子は、そのまま声を弾《はず》ませる。

「実はレナを知ったのは、数日前なのだ。クリヴに調べさせたが、君は半年ほど前から王都に来ていたようだね。どうしてその半年前に出会わなかったのか、残念でならない。しかし今日会えたのだから、まだ遅くはないはずだ」

「……はぁ」

いったい何の話をしているのか解らず、レナはつい曖昧な相槌《あいづち》を打ってしまった。

相手が王子でなければ、口説《くど》かれているのかと思わせる口ぶりだが、王子にとって自分は初対面の女のはずで、男爵令嬢であり、養女というレナの身分を考えれば王子がレナを口説く利点は何もないはずだ。

「レナを見かけたのは三日前の午後、宮殿の庭だ。そのあまりの衝撃に、しばらく動けなくなったほどなんだ。あれほど打ち震えたことはこれまでの人生で数えるほどしかない。まさに、僕はあの日、運命に出会ったのだと感じた」

「え？」

「この人だ、と確信したんだ。これまでの人生において、これほど確かな天啓《てんけい》を感じたことはない。これまで様々な性格の令嬢から言い寄られても、まったくしっくりこなかったが……それもそのはずだ。僕は、レナに会うことを待っていたんだからな」

「……え？」

「父上や母上からも、早く結婚しろとせっつかれて最近本当に煩わしかったのだが、レナに会えたことで、それももう解決したと安心していただけるだろう。ああ、あの衝撃、未だ胸が躍《おど》るようなんだ。早くこの想いを父上たちにも伝えて喜んでいただきたいのだが、まず、レナに伝えてから、と思ってね」

「あの……ちょ、っと」

この王子はどれほど饒舌《じょうぜつ》になるのだろう、とレナは困惑を隠せなかったが、それよりも話の内容について行くことができないでいた。

これは上流階級の人たち特有の、言葉遊びの類《たぐい》なのだろうか。それとも、言葉どおり求婚の一種なのだろうか。

いや、どう考えても後者であるはずがない。

しかし、目の前でとてもにこやかに話す王子が、レナの否定をさらに否定している。

「レナ、僕は君を待っていた。結婚してくれるね?」

あ、言われてしまった。

レナは初めて聞く求婚の言葉に、まずそんな感想を抱いた。

必死で「そんなはずがない」と思っていたのに、そうではなかったようだ。

王子は憧れの人だ。命の恩人でもある。しかし、今どういう状況なのかまったく解らないレナは素直に喜ぶこともできず、ただ戸惑って固まってしまう。

誰か説明を、と心の中で叫んでみるものの、人払いをした部屋の中はあいにく饒舌な王子とふたりきりだ。

その王子の顔は、徐々にきらめきを増していく。頬を上気させ、目を輝かせて、まるで世界一美しいものがそこにある、というような顔でレナを見つめ、うっとりという表現が一番似合う顔で話を続ける。

「あの声、あの冷ややかな態度……！　そう、あのとき、僕は自分の理想の女性を見つけた、と感じたんだ。うるさく囀《さえず》る伯爵令嬢たちを相手にしたときの、レナの言葉！　虫けらを見るような視線！　ああ、あんなにときめいたのは本当に初めてかもしれない！」

「…………」

「その上あの華麗な鞭さばき……ああ、本当に、心臓が掴まれる思いがしたんだ！」

あれ、なんかおかしい。

レナは戸惑ったまま瞬きを止めた。

冷静さを失わないよう、必死に笑んだ顔のまま、目の前で熱く語る王子から受け入れがたいなにかを感じ取ってしまい、固まったのだ。

自らの言葉でそのときのことを思い出してまた興奮してしまったのか、鼻息も荒くなった王子はそのまま勢いよく立ち上がると、レナの前まで素早く動いた。

何をされるのかと反射的に身構えるより先に、王子はレナの前に跪《ひざまず》き、レナを上から下まで眺《なが》める。

「鞭は――鞭は今日も持っているよね!?　さあ！　遠慮せず取り出してくれ！」

王子はもう自分を抑えることをやめたのか、陶酔《とうすい》の表情で求めてきた。悦びに堪えられないというような嬉しそうな顔をして、レナに訴《うった》えたのだ。

「――僕をぶってくれ！」

「…………」

レナの思考は先ほどからほとんど停止したままだったが、彼女の中で、このとき初めて生存本能というものが働いた。

つまり、身体が勝手に動いていたのだ。

ここまでどうにか穏やかな微笑みを保《たも》っていたレナは、目を細め、口端《こうたん》をゆっくり上げた。そしてドレープの中に手を差し込み、摑み慣れた鞭を取り出す。

「――そう、躾《しつ》けをご所望《しょもう》なのね、ラヴィーク様？」

「――ッああ、そうだ！　僕を君の手で躾けてくれ！」

感極まった顔、というのは今の王子の顔を言うのではないだろうか。レナは頭の隅《すみ》でそう考えながら、右手を振って鞭を撓らせた。

パシィン、と床に小気味よい音が響く。そのまま笑みを深くして王子を見下ろした。

「まぁ、躾けてもらおうというのにその嬉しそうな顔はどうなのかしら？　少しお仕置きも必要なの？」

「お仕置き……！」

素晴らしい提案だ、と王子が目を輝かせたのを見たレナは、鞭を両手で引っ張ると甘い声で王子に命じた。

「歯を食いしばって、ラヴィーク様？　そして、目を強く閉じて――」

王子は早速レナの言うとおりにし、これから与えられるはずの衝撃を、期待に胸を膨らませたような表情で待っている。レナはそれを見届けると、静かに足を引いた。

きっとそれは、勢いよく鞭を叩きつけるための足さばきであると王子は思ったかもしれない。

しかしレナは、そのままもう一歩後ずさり、器用にも、音を立てず王子に背を向けた。

そして、猫のように素早く青の間を後にしたのだった。

扉の外で待つ近衛隊士と側近に驚かれたものの、レナは淑女《しゅくじょ》の微笑みで応じ、そのまま優雅に一礼をすると、すぐさまその場から走り去った。

呆気に取られた彼らが一言も声を上げる間も与えず、レナは幼い頃に身に着けた素早さを最大限に発揮《はっき》し、宮殿から逃げ去ることに成功したのだった。

二章

ラヴィークは待っていた。

これから与えられる、甘い仕打ち。ついに現実のものとなる。そう思えばいつまでも待てる自信があった。

あの冷ややかなレナの微笑みを間近で見て、その視線に射貫かれる衝撃は、予想以上にラヴィークの心臓を打ち抜いた。

胸が高鳴り、悦びで自分がどうにかなってしまうのではないかと思うくらいだ。

実際、自分の性器が反応してしまっている。自ら望んだ相手の言葉は、これほど身体にも影響するものなのかと他人事のように感心した。

レナの鞭が撓る音を聞いただけで、期待に心臓が潰《つぶ》れそうだった。

あれを受け止めることができる。この身体で。

今からお仕置きをされるのだ。

ラヴィークが期待して期待して、食いしばった歯をさらにギリ、と嚙《か》んだところで、レナではない声が耳に届いた。

「……王子、何をなさっておいでです？」

聞き慣れたクリヴのものだった。

ぎゅっと閉じたままだった目を開けると、訝《いぶか》しそうな表情のクリヴの顔がある。先ほど退室させた護衛たちも不可解なものを見るような目でラヴィークを見下ろしている。

ラヴィークが跪いているからだ。

そして、興奮を抑えるように握り拳まで作っているからだ。

青の間のどこにもレナの姿は見えなかった。ついさっきまで、ラヴィークの視界を占領していたというのに、今は見慣れた側近たちの姿しかない。

「レナは……」

彼らがどこかに隠したのでは、ときょろきょろと探していると、クリヴが臣下《しんか》を代表して答えた。

「先ほど、おひとりでお帰りになりました……王子が退室させたのでは？」

「…………」

逃げられた。

ラヴィークは、それを理解した瞬間、床に手をついて顔を伏せた。

「王子!?」

周囲が驚いているようだが、ラヴィークの落胆《らくたん》はそんな声に構っていられないほどだった。

まったく音もなく、まるで猫のように気配までなかった。

あまりに見事な逃走だ。人の気配を読むことに長《た》けているラヴィークが完敗するとは、いっそ笑えてしまう。

「王子？　いかがしました？　彼女がなにか……すぐ呼び戻しましょうか？」

がっくりと項垂《うなだ》れたままのラヴィークを心配してクリヴが近くの近衛隊士に指示を出そうとするが、ラヴィークはゆっくり首を振った。

「ふ、ふふふ……放置……放置か……いや、これもまた痺《しび》れるものだな。さすがレナ、僕の運命の人……」

ラヴィークの笑みを含んだ呟きに、クリヴはすぐに王子の心情と今の状況を察したのか、レナを追いかけさせることはやめたようだ。

初めての対面でこれである。

レナはいったい、どこまでラヴィークを悦ばせてくれるのか。これでは否応《いやおう》なしに期待が高まるというものだ。

「王子……つまり、彼女に何かしでかしたんですね？　そして、逃げられたんですね？」

クリヴが何か言っているが、それどころではなくなったラヴィークはすぐに立ち上がった。

「クリヴ！　父上たちに連絡を！　僕がレナ・バーディと結婚することを伝えるんだ。バーディ男爵家にも通達を！　すぐに式を挙げる手続きを始めろ！」

「……畏《かしこ》まりました」

「ああ、レナ、早く会いたい！　次に会ったときには、今度こそあの鞭を僕に向けてもらうからな！」

ラヴィークは、もう何も言うまいという様子で指示に従うクリヴたちを置いて、明るい未来に意気込んだ。

その頃、レナは迫りくる何かから逃れるように宮殿から遠ざかるのに必死だったが、ラヴィークは決して逃すつもりはなかった。

＊　＊　＊

クリヴは王子の言葉を受けて、まず自分を落ち着かせるため、深呼吸をした。

ラヴィーク王子はアルヴァーンの王太子であり、政治においても軍事においても、他を圧倒するほどの卓越《たくえつ》した才能を持つ人物だ。

一見王族らしい傲慢《ごうまん》さがあるようでいながら、人の意見に耳を貸さないわけではない。聞き入れるべき言葉なら、相手の身分を問わず受け入れるし、自分が正しいと思うことは強引に推し進めて、なおかつ周囲を納得させる魅力《みりょく》もある。

これほど、信頼と尊敬に値《あたい》する主は他にいないだろうとクリヴは思う。

この破天荒《はてんこう》にも思える王子は、困った人ではあっても、好ましい人でもあるから、幸せになってほしいと誰もが思っていた。

しかしその性格は、いや、性癖《せいへき》は、少し人と違うものがある。国の威厳を保つためにできる限り秘密にしておこうと陛下たちとも話がついているほどで、今でも、王子の性癖を知るのは両親でもある両陛下と、クリヴたち側近や一部の上位貴族、そして近衛隊の者たちだけだ。

秘密を知る者はできる限り増やしたくなかったが、近衛隊に伝えたのは仕方がないことだった。もともと、身体を鍛えることが好きな王子は、近衛隊の訓練に加わることが多い。その中で、遠慮なく打たれる王子の姿を見て、その異様《いよう》さに気づかないでいられる者などいないのだ。

そう、打たれる悦び。

正直、クリヴにはまったく理解できない。王子は他人から罵られ痛めつけられることが何より嬉しくて仕方がないらしい。

とはいえその楽しみを奪ってしまえば、王子は別のはけ口を探してさらに危険な道を辿ってしまうかもしれないと、国王は悩みながらも近衛隊にそのことを周知させ、箝口令《かんこう》を布いた。

そのために王子が訓練に参加するときは近衛隊の視線が生暖かいものになり、中には国の英雄である王子に抱いていた憧れの気持ちを砕《くだ》かれたくないと、あえて視線を向けない者もいる。

王子に練習相手を望まれても、「王子相手に本気で斬りかかることはできません」と拒否する者も多い。

彼ら自身の精神を守るには、それもいたしかたないことだろうと、クリヴは思っている。

そういう状況だから、王子の相手をする近衛隊士は限られていた。

今王子が好んで指名しているのは、近衛隊の中隊長のひとりであり、組手の才能を持つ者だ。

怪我をしないように刃を潰した剣で打ち合うよりも、組手のほうが直接身体に衝撃がくるので、王子は喜んで中隊長と訓練している。

それを周囲は、死んだ魚のような目で見守ることになるのだが、もしかしたらレナとの結婚でそれが解消されるかもしれないとクリヴは期待していた。

つまり、王子に閨《ねや》での行為に耽《ふけ》ってもらえたら、近衛隊での発散が少なくなるのでは、と考えているのだ。

この結婚は思った以上に素晴らしいものかもしれない。

しかしレナは王子を見て逃げ出していた。

おそらく、普通の、真っ当な精神の持ち主なのだろう。たとえ鞭を打つ趣味があったとしても、いい人なのだろう。

少し言葉遣いに棘《とげ》があるようだったが、正しいことを口にする令嬢だった。何より王子が好きになった方である。ならば、どちらも幸せになっていただきたい。

クリヴは国王陛下のもとへ急ぎ、面会を求めた。

王子の結婚が上手くいくよう、いろいろ画策《かくさく》することの許可をもらうためだ。

王子が結婚を決めた、と伝えただけで、国王はひどく安堵し、その令嬢を最優先で保護し、何としても結婚させるのだ、とクリヴに命じた。

クリヴにも、そのことに異論はない。

さてしかし、どうやったらあの令嬢に王子の良さを解ってもらえ、好きになってもらえるか。

それが一番の問題であるが、あの状態の王子を操ることができる女性なのだ。クリヴとしては、王子に言われなくても逃がすつもりはなかった。

早速各所に連絡しなくては、とクリヴは動き始めた。

＊　＊　＊

「……夢だったのかしら？」

レナはぽつりと呟いた。

タウンハウスの自室で、貴族の令嬢らしく窓辺に座ってぼんやりと時間を潰していたのだが、外の景色はいつもと変わらず穏やかだ。

レナが宮殿から逃げ出して、二日が経った。

ドレスの裾《すそ》を手繰《たぐ》り上げ、全速力で馬車まで走り、御者を急かして屋敷に辿り着いたときは心から安堵したものだが、すぐに追手がくるかもしれないと、しばらくびくびくしていた。

そんなレナの様子を使用人たちが気にしないはずがない。いったい宮殿で何があったのかと問いつめられた。

貴族の令嬢になり、彼らの主人となったレナだが、もとは同僚であり家族のような存在でもある。家令のドミトリを筆頭に、皆に心配された。

レナも起こったことを自分で冷静に理解していくために、王子の執務室に入ってからのことをゆっくりと語り始めた。

語り終えた瞬間に周囲から痛ましそうな視線を向けられたが、悪いのはレナではない。

そして、嘘もついていない。

王子が。あの王子が、まさか。

その声は当然皆から上がったが、レナだってまさかだと思いたい。

しかし、あの衝撃は忘れられるものではなかった。まさに、過去に命を助けてもらったときと同じくらい、身体に響いた。

冗談でした、と言ってもらえるのなら、こちらからお願いしに行きたいくらいだった。

それでも、レナもこれまでいろいろな人に出会い、とくにブリダという人に出会い、世の中には多様な人がいると学んでいる。

それでもあれはない……

確かに、勝手に自分の理想を王子に重ねていたのはレナであり、本当はどんな人なのか知らなかったのも事実だ。

だがそれにしても、あれはないだろう、とレナは誰よりも衝撃を受けて、がっくりと肩を落とした。

あれはいったいどういうことなのだろうか。

ぶたれたい、罵られたいと言いながら嬉しそうにする人なんてレナは理解できずにいた。

「世の中には、痛めつけられるのが好きな人もいるのよ」と昔ブリダに言われたことがある。「だから人を蔑む者も必要なの」と自分の正当性を主張していたが、本当にそんな人がいるとは思ってもいなかった。レナはそういう意味では感心した。

ただ、そんな人に好意を向けられた動揺は収まらない。

そもそも、どんな理由であれ、王子をあのまま放置したとなれば、叱責《しっせき》されてもおかしくない。まず、怒られるために呼び出されるだろうと覚悟していたが、拍子抜けするほど何の音沙汰《おとさた》もなかった。

相手はこの国の王太子だ。呼び出されれば、応えないわけにはいかない。そして、ただの男爵令嬢であるレナに、求婚を断る道はない。

しかし、レナはもともとが平民の養女である。それも周知の事実なのだ。

もしかすると、あまりの身分差に国王陛下や他の貴族たちが反対しているのかもしれない。

王子がすぐ諦めるとも思えない様子だったから怯えていたのだが、状況を考えると、レナと結婚するなど現実的にありえないことなのではとも思えてくる。

そして二日が何事もなかったように過ぎると、あの一幕《ひとまく》は夢だったのかもしれないと思い始めるようになっていた。

「白昼夢《はくちゅうむ》を見たって言うの？　宮殿で？」

夢だったのかもしれないというレナの呟きを聞き取ったキラが問い返してくる。

「でも、あれから何も言われないし、結婚する、とかいうところは、やっぱり夢だったのかしら、と思うのよね」

王子の被虐《ひぎゃく》的な趣味はともかくとして。

とりあえず、宮殿に呼び出され、王子と話したことについてはブリダへ手紙を書いて伝えた。もし結婚となるなら、家の問題でもあるからだ。

まさか王子から求婚されるとは思ってもいなかったので、どう答えればいいのかすらレナには思い浮かばない。男爵家を継がせるためにレナを養女としたのに、レナがもし結婚してしまったら、男爵家がどうなるのか解らなかった。

そのあたりの判断は、やはりブリダにしてもらうしかないのだが、手紙を出したのは昨日だ。早馬で届けてもらっているから今日にでも領地にいるブリダに届くだろうが、返事はすぐには来ないだろう。

「私としては、王子が被虐趣味だったってことの方が夢なんじゃないのって思うけど」

キラの言葉を受けて、レナは微かに唸《うな》る。

自分でもそう思いたい。

しかし、求婚されたときより、王子が鞭を求めていたときのほうが衝撃が強く、瞼《まぶた》に焼き付いている。夢にしてしまえるのは、どちらかといえば求婚のほうだった。

正直なところ、どちらもなかったことになればいいのに、と思うが、そこへ望みを打ち砕くようにドミトリが入って来た。

「――残念ながら、夢ではないようですよ、レナ」

「……え？」

「宮殿へ行く準備を。また王子がお呼びです」

「――――」

やっぱり、夢ではなかったのか。

「それからブリダ様よりお返事も届いております」

「もう？」

レナはドミトリからバーディ男爵家の紋様の入った封筒を受け取りその場で開けた。

「…………」

手紙の内容は短く、すぐに読み切ることができた。

しかし、意味を理解するには時間がかかり、そのまま固まってしまう。

「レナ？」

「どうしましたか」

キラやドミトリが異変を察して声をかけてくるものの、反応できない。レナは目の前の美しい文字を何度も読み返し、汗が落ちてくるほど動揺していた。

「……なんだか、書いてある意味が、よく解らないの」

レナはそう言って、手紙をドミトリに渡した。手紙を受け取った家令はすぐに内容を読み取り、一瞬眉根を寄せたものの、すぐに頷いた。

「……なるほど、ご許可をいただけたようですね」

「許可は求めてないよ!?」

「何が書いてあるの？」

冷静なドミトリの言葉を即座に否定したが、状況が理解できないキラはひとり首を傾げている。それにドミトリは正気を疑うような言葉を告げた。

「ブリダ様より、ご結婚の許可が下りました――王太子との」

「――――はぁ？」

キラの上品でない反応に、レナも賛同したかった。

確か、レナがブリダに送った手紙の内容は、王子に呼び出されたこと、おかしな言動で振り回されたこと、思わず逃げてしまったこと。それから、求婚された時の対処法を聞いただけだ。

もう一度固まってしまったレナに対してドミトリは冷静さを失っておらず、手紙が二枚重なっていることに気づき、もう一枚を確認している。

「これは……許可証、ではなく、受諾証《じゅだく》。ということは……キラ、レナの準備を早く」

「ド、ドミトリ？　どういうこと？」

まだ動揺が収まらないレナに、ドミトリはもう一枚の紙を見せて教えてくれる。

「バーディ男爵家当主による、レナの結婚の受諾証です。これがあるということは、すでに王家から結婚を求める証書がブリダ様へ届けられたということ。そしてそれを、ブリダ様はお請《う》けになった。つまり、レナはすぐこの受諾証を持って宮殿へ向かわなければなりません」

向かってどうするの。

レナはそこで何があるのか詳しく聞きたかった。何より、こんな返事を出してきたブリダの意図を知りたかった。いや、本音を言うと、ここから逃げ出してしまいたかった。

そのどの願いも叶えられることはなく、手際の良い侍女たちに身なりを整えられ、理解に苦しむ受諾証を持って、レナは家令とともに宮殿へ再び向かうことになった。

宮殿の門のところにはすでにクリヴが待っていた。

いや、待ち構えていたようだ。まるでレナを逃がさないように。

レナはこのままもう一度馬車に戻り、タウンハウスではなく領地まで帰りたいと思ったが、ドミトリに急かされ宮殿へ入ることになった。

促されて向かった先は、青の間ではなく、宮殿のさらに深部に当たる場所だった。

いったいここはどこだろう、とレナは首を傾げるが、周囲には近衛隊士もいるというのにしんとしていて、口を開ける状況ではなかった。

クリヴが正面の扉を躊躇いなく開けると、そこはとても明るい場所だった。

正面に祭壇が備えつけられており、祭事を行う神殿だとレナはすぐに気づいた。光を取りこむための窓が高い場所にある美しいこの空間は、厳《おごそ》かな祭事を執り行うには相応《ふさわ》しい場所だろう。

こんな場所で何をするのかなんて恐ろしくて訊き出すこともできず、レナはクリヴの後ろをついて歩くことしかできなかった。

すぐに踵《きびす》を返し逃げ出したかったが、後ろにはドミトリが控えているし、周囲を取り囲む近衛隊士たちはまるでレナの逃亡防止のために配置されているようにも見える。

部屋の奥にある祭壇の前には見紛《みまご》うことのなき相手、ラヴィーク王子が待ち構えているものだから、なおさらレナは逃げ出したかったのだが。

これから何があるのか——

理性は考えることを拒否しているが、本能が逃げたほうがいいと言っている。それでも逃げられるわけもなく、とうとうレナは王子の傍まで来てしまっていた。

案内役だったクリヴは横に移動し、レナと王子の間を遮るものが何もなくなる。

王子は今日も美しかった。

性別関係なく、美しい人間は美しいと表現できるものなのだな、とレナがどうでもいいことを考えていると、王子がその顔をにこりと微笑ませた。

「書類を」

問われた内容が一瞬理解できず、反応したのはバーディ男爵家の家令のほうが早かった。レナに伺いを立てることもなく、ドミトリはブリダからの手紙を王子へ渡した。

それは結婚の受諾証だ。

それを渡されると、どうなるのか。レナには焦りしかなかった。渡さないでと願うものの、心の声は届くはずもなく、あっさりと王子の手に渡る。

王子はそれを祭壇の向こうで待っていた神官長へと渡した。

厳かな神殿で、祭壇を前にした神官長が何をするのか、あまり考えたくない。けれどブリダの受諾証はもう渡ってしまった。

神官長は好々爺《こうこうや》という表現が似合う優しそうな老人だったが、レナが何かを言えるような相手ではない。神官長は内容を確認すると、深く頷き、ゆっくりと口を開いた。

「では、婚姻の儀《ぎ》を始めます」

何が起こるのか、本能では察知していたものの、実際に耳にするとレナは気を失ってしまいたくなった。

隣《となり》に並ぶ王子は何が嬉しいのか、極上の笑みでレナを見ている。周囲には真面目な顔をした神官長や、王子の側近であるクリヴ、その隣に大柄な男性がいることには気づいたが、この場にいるすべての人が疑問も何もないような顔で立っていることを不思議に感じた。

おかしいのは自分のほうなのか、と思ってしまうほどだ。

「ラヴィーク・アラム・アルヴァーンと、レナ・バーディ。ここに、神の御心《みこころ》をもって、ふたりの婚姻の儀を始めます」

「――え」

くり返されたあまりに簡潔な一言に、レナは自分が今まさに結婚しようとしているとは信じられなかった。

隣では相変わらず満足そうに王子が笑っているし、周囲の者たちも安堵の表情で頷いている。ここで不自然に眉を顰《ひそ》めているのは、レナだけのようだ。

だが当然レナの表情も戸惑いの声もなかったことにされたようで、神官長は一枚の紙を取り出し、レナたちの前に差し出した。

「ここへサインを」

躊躇うことなく、王子が自分の名前を書き入れる。

美しい文字だった。

羽ペンを王子に渡されてレナは促されるままその下へ自分の名前を書いた。王子に比べると劣るものの、何度も練習した自分の名前だ。間違うことなく書けた。

「では、証人としてのサインを――陛下？」

「うむ」

神官長がクリヴの隣の男性に目を向けると、相手はすぐに動いてまた躊躇うことなく同じ紙に署名した。

そこで初めて、その人が国王だと気づき、レナの顔が青くなる。だというのに、やはりレナ以外誰も慌てていないことに驚く。

国王がそこにいて、書類に言われるままに名前を書いているというのに、周囲の誰もが、ここで何が行われているのかすでに解っているようで、疑問すら持っていないようだった。

「バーディ男爵家の代理人は」

「――私が」

神官長に問われて、それまでレナの傍で控えていたドミトリが一歩前に出て来た。ここで初めて、どうしてドミトリが一緒に来たのか、レナにも理解できた。

つまり、ドミトリもここで行われることの意味を知っていたのだ。

ドミトリも迷わず署名し、神官長はそれを確認すると何度も頷いた。

「――よろしい。ここに、神の名において、ふたりの婚姻を認めます」

認められてしまった。

あっさりと。

本当に、流されるがまま、レナは結婚してしまったようだ。

「おめでとうございます、王子」

「おふたりの未来に、祝福を！」

側近の祝いの言葉と神官長の言葉にあわせて、その場にいた全員が拍手《はくしゅ》を送ってくる。

警備のために控えているはずの近衛隊士たちも、喜びもあらわに手を叩いているようだ。

王子は本当に嬉しそうであるが、レナは呆気に取られたままだ。

本当に——本当に、これだけで、結婚？

いったいこれはどういう状況なのか、説明を求めてレナは視線を彷徨わせる。

結婚とは、もっと時間をかけて、準備をして、この場が埋まるほどの人を集め、そもそも相応しい衣裳《いしょう》を着てするものではなかったのか。

それはレナの夢でもあった。

平民のときから、貴族となった今でも、どんな相手だろうと、婚姻の儀はそういうものであってほしいと願っていた。

場所は申し分ないものの、神官長はひとりだし、王子の傍には彼の父親でもある国王と、側近たちが並んでいるだけで、レナの親族と呼べる者といえば、家令であるドミトリひとりだけだ。さらに控えているのは近衛隊士たちで、レナの衣裳は宮殿へ来るだけのつもりだったので整えてあるものの、婚礼用のドレスではない。

こんな状況で、レナは結婚してしまったようなのだ。

それも——この国の王太子である、ラヴィーク王子と。

王子は本当に麗しい、という言葉が似合う青年だった。

整った容姿と、鍛えられた身体つき、そして国中の誰からも英雄と讃《たた》えられる心根を持つ素晴らしい人だった。

この人に、レナは会いたいと思っていたのだ。

あの幼いときに助けてくれたのはやはりこの王子なのだろう。血なまぐさい戦場に迷い込んだ薄汚れた子供は、気性の荒くなった兵士たちの目には邪魔なものにしか見えなかっただろうに、そこに居ながら、レナをひとりの人間と認めて助けてくれた人は、やはり英雄と言われるにふさわしい人だ。

その人と、レナが結婚してしまった事実。

レナは、喜ぶべきなのか恐縮するべきなのか分からなくなって、ただ茫然と祭壇の前に立ちつくしていた。


気がつくと、レナはどこかの部屋に通されていた。

そういえば、祭壇の前で、王子の側近たちとドミトリが話しているのをおぼろげに聞いていた気がする。

『レナ様のお部屋は王子のお部屋のお隣へご用意してあります。お連れする侍女、侍従、荷物などはそちらへ』

『――畏まりました』

恭《うやうや》しく答えていたドミトリに、当然のように指示していたクリヴ。レナはそれが何のことなのか理解もしていなかった。

そうして通された場所は、王子の部屋のようなのだった。

しかも、目の前に王子その人が待っている。

「ああレナ！　ようやく僕のものになったんだね！」

悦びに溢《あふ》れた声でその強い腕に抱きしめられて、レナはそこでようやく頭が動き出し、感情というものを思い出した。

結婚したのだ。

この、瞬《またた》く間に。

理解したあとで、最初に思い出したのは怒りだ。

「――王子様のものではありません！」

腕の中から逃れようと、その硬い胸に手を当てて押し返すが、力の差は歴然《れきぜん》としていてびくともしなかった。それでも少しでも離れようと、震える腕で突っ張っていると、王子のほうが少しだけ腕を緩める。

「もう結婚したんだから僕のだよ？」

当然だと言わんばかりの王子の呟きは、レナの感情をさらに逆撫でする。

「私は結婚したいとか、言ってませんけど!?」

「そうだね。僕が結婚したかったから結婚したんだよ」

そのとおりだった。

のんびりとした口調だが、王子のその言葉は絶対的な命令に近かった。

何より、アルヴァーンの英雄とも言われる王子の願いを聞き入れないものなど国には存在しないだろうし、国中の娘から慕われているだろう王子の求婚を受け入れない娘もいないはずだ。

しかしその中で、レナだけは違っていた。

確かに、王子に会いたいと思って王都に来た。王子をひとめ見て、彼があのときのことを覚えていなくてもお礼を言いたいと思っていた。周囲に初恋だなどとからかわれていたとおり、恋に似た憧れの気持ちがなかったわけでもない。

それでも、いきなりこの状況はないだろう。

王子の周囲にいる人の気持ちすら依然としてよく解らないままだ。そもそも、この結婚の証人として署名した国王も——思い出す限り嬉々としていたようだが——あれは本気だったのだろうか。男爵令嬢とはいえ、レナは養女であり、所詮《しょせん》平民の娘でしかない。その生い立ちは誰もが知るところなのに、誰も国王や王子に忠告しなかったのだろうか。

この国の中枢《ちゅうすう》部にいる人たちにはもはや不安しか抱けない。

何より、レナの気持ちを無視して自分の意思だけで決めてしまった王子に怒りが湧く。立場からすると、ただ受諾するのが正しい行いなのだろう。それでも、レナの気持ちはレナのもので、レナのことを一番に考えるのはレナ自身なのだ。

レナが憐《あわ》れまずに、他の誰が憐れんでくれるのか。

そもそも誰よりも信頼していたブリダに裏切られたように感じて、あの勝手な受諾証を思い出し、目頭《めがしら》が熱くなった。

不敬だと知りながらも目の前にいる王子を睨みつけるのは、今ここには王子しかいないからだ。その目が、感情のままに揺れて潤《うる》んだとしてもレナにはどうしようもないことだった。

「――レナ？」

驚いて覗き込んでくる王子に、レナも驚いた。

「どうして泣いてるの？」

「王子様が泣かせているんですっ」

当然のことを聞かれて、レナは子供のように拗《す》ねて彼の逞《たくま》しい胸を手でどん、と叩いた。

「レナ」

「――――」

さすがに怒られるだろうか、と一瞬冷静になって息を呑《の》むが、王子はレナの唇に指先を当てて細めた目で見下ろしてきた。

「——僕の名前を呼んでと言ったのに、もう忘れたの？」

今怒るところはそこではない。

怒りたいのはレナのほうだったが、王子の強い視線には名前を呼ぶ以外は何も許さないという意思が込められているようだった。

「……ラヴィーク」

様、と敬称を続けようとしたところで、王子の唇で遮られてしまう。

レナの唇に温かいものが触れて、それが王子の唇だと気づいたときにはすでに離れていた。間近で王子に見つめられ、レナは見開いた目を瞬かせる。

「もう一度」

名前を、と強要されて、レナは言われるままに震える唇で名前を紡《つむ》いだ。

「ラ、ラヴィー……」

呼べと言われたから呼んだのに、その途中でやはり王子に口を塞がれる。

二度目はすぐに離れなかった。

しっかりと押しつけられて、王子がやりやすいようにだろう、顎《あご》を上に向けられて強く奪われる。

「ん……っ」

「……レナ」

知らず息を止めていたレナを見て、呼吸を思い出させるように口を離した王子が優しく囁く。しかしまたすぐに、もう一度塞いできた。

緩んだ唇の隙間から舌が送り込まれ、レナの口が開かれる。熱い吐息が送り込まれて、レナは全身の力を失《な》くしていった。王子が抱えるように腕を回していなければ、床にくずおれていただろう。

レナの唇を一度解放した王子は、今度は顔じゅうにキスを降らす。目尻に溜まった涙を熱い舌が舐《な》め取って、その味を教えるかのようにレナの口に舌を忍び込ませる。

レナは、その深い口付けに、思考が上手くまとまらなくなっていた。幾度《いくど》となく繰り返される口付けを受けながら、王子の強い抱擁《ほうよう》を、ただ身体中で受け止めることしかできなかった。

＊　＊　＊

レナの目に浮かんだ涙はラヴィークにとって衝撃的だった。

レナと結婚することを、父親であるデリク王に正式に伝えると、すぐに結婚の手続きに入るように、と言われた。あらかじめ想定していたのか、クリヴはすでに書類を用意しており、レナの親であるバーディ男爵に宛てて結婚の申し込みも送っており、確かな返事をもらう前にこちら側の手続きのすべてを終わらせた。

そもそも、ラヴィークの立場からすると断る相手は皆無だろうから、クリヴの動きも頷ける。

思った通りの返事をもらうと同時に、王都にあるバーディ男爵家へ使者を出し、レナとの婚礼の準備に入る。

準備と言っても、こちらで用意するのは祭事を行う神官長と、結婚証明書だけだ。証人には父王が絶対に立つと言っているし、あとはレナさえいれば整う。それでも二日かかった。

ラヴィークを惹きつける、あの美しい女がラヴィークのものになるのだ。

これが楽しみでなくてなんだというのか。

逸《はや》る気持ちを抑えながら、びっくりした顔のレナを神殿に迎え、慌ただしく儀式を進めた。

儀式が無事に終わり、これでレナはラヴィークのものだ、と安堵したものの、それまで流されるままに動いていたレナは、ふたりきりになってようやく気持ちを思い出したように、目を潤ませた。

一瞬、ラヴィークは己の意識が飛んだのを自覚した。

どうすればいいのか、何をすればいいのか、さっぱり解らなくなるほどうろたえたのだ。

その冷ややかな目や、蔑みを含んだ声には興奮を覚えたが、まるで少女のように目を潤ませて睨みつけるレナには自身も知らない初めての気持ちを味わわされたのだ。

これは僕のもの。

身体の奥から湧き上がるものは、これまでの気持ちなど可愛いと思えるくらいの強い征《せい》服《ふく》欲だった。

レナが欲しい。

レナだけが、欲しい。

涙を舐め取ると、少し塩の味がした。しかしレナの唇をもう一度舐めると、先ほどより甘みを感じる。

それをもっと味わいたくて、もう少し泣いてくれないかな、と考えたが、ラヴィークが願ったのはそれだけではない。

もっと顔を歪めてほしい。

もっとラヴィークを欲しがって、狂ってみてほしい。

ラヴィークは湧き上がる気持ちをそのままに、腕の中に収まるレナを抱き上げ、広い寝台に倒れ込んだ。

「ラ、ラヴィーク、様っ」

うろたえたようなレナの声は初めてかもしれない。

冷ややかな声も好きだけれど、涙を耐えるようなレナも堪《たま》らない。きっと普段では見られない姿なのだろう。この表情はラヴィークしか知らないのだと思えば、知らず口元に笑みが浮かんだ。

「ラヴィーク様！　待って、待って……っ」

細い腕が、ラヴィークの身体を止めようとして暴《あば》れる。ラヴィークはその指先を追いかけるように自らの指を絡めた。さらに、行為を止めさせようとする声を塞ぐように、唇を奪う。

「ん、ん……ッ」

苦しそうに顔を顰めるレナを眺めながら、しっかりと寝台に縫《ぬ》い止める。

身を捩《よじ》って逃げようとするのを、全身を使って押さえ込む。

レナの抗《あらが》いを身体ですべて受け止めてしまえたことに、ラヴィークは歓喜を覚えた。荒く口を塞いでいると、レナの目尻からはさらに涙が滲み、それを舐め取ることが楽しい。

「レナ……ああ、もっと抗ってみせて」

「……ッいや！　です！　離れて！」

はっきりとした拒絶の言葉がこれほど嬉しかったことはない。

ラヴィークは目を細めて、組み敷かれたまま下から睨みつけてくる強い視線を受け止めた。

抵抗するレナは、ラヴィークの願いを叶えていることに気づいていない。

敷布の上で身を捩るレナを征服できるのはラヴィークだけなのだ。そのことが、ラヴィークにとってなにより幸福なことのように感じた。

「レナ……レナ、もっと乱れて、僕をおかしくさせて」

「い、やぁ……っ」

拒絶の涙を舌で舐め取って、ラヴィークは慣れた手つきでレナのドレスを脱がしにかかる。しっかりと止められたコルセットも、男の力にかかればあっけないものだ。

細く白い肩から、柔らかな二の腕までを唇で辿り、躊躇わず歯でも確かめる。レナの細い指が引きとめるようにラヴィークの髪を摑んだが、そんな抵抗はラヴィークをさらに煽《あお》るだけだ。

やがて目の前に丸い胸が現れると、ラヴィークの視線がそこに集中する。片手にひとつずつ包んでみれば、あまりにぴったりで、これは自分のためにあるのだと思えて仕方ない。

「あっや、あ……」

「レナ……」

頂《いただき》を口に含むと、唇を奪ったときと同じに甘くて、吐息のような声しか出ない。

舌先で刺激して音を立てて吸い上げれば、色づいた先が硬く尖ってくる。その反応が嬉しくて、もう片方にも同じようにした。手のひらで包んだ胸は柔らかく、ラヴィークの思うように形を変えてくれる。堪らなくなってドレスを一気に引き下ろし、ドロワーズのみの姿にすると、レナは泣き顔のまま驚いてラヴィークを見上げている。

ラヴィークの視線から少しでも身体を隠そうとしているのだろうが、その脚が擦り合わされる様は誘っているようにしか思えない。

さらに、その脚にはラヴィークをますます夢中にさせるものがあった。

ドロワーズの上の無骨なベルトに、黒い鞭が挟まっているのだ。

こんなところに隠していたのか。

ラヴィークは宝物を発見した気分だった。

迷わずそこへ口付けて、ひやりとした革の感触に頬ずりする。

「なに……っなに、をっ！　止めてください！」

うろたえるレナは逃げようとするが、こんな姿を見て逃がすはずがない。

それでも必死にラヴィークから離れようとするレナの腰を抱え込み、ラヴィークはドロワーズの上から脚をなぞると、鞭を何度も撫でて白い肌に口付けた。

「……っ」

レナの息を呑むような声を聞き、顔を上げて見てみれば、彼女は泣き顔をさらに歪めていた。

それは不安と戸惑いと、恐怖すら込められた表情だった。

怯えているのだ。

その顔に、ラヴィークはごくり、と息を呑む。

自分がどうしたいのか考えたが、答えはひとつしかない。

怯えて泣いているレナも、ラヴィークは自分のものにしたい。

その怯えが悦びに変わったとき、いったいレナはどんな顔をするのか、それを想像するだけでラヴィークは自分の性器が硬くなるのを感じた。

ラヴィークはレナから一度離れて、自分の服に手を掛けた。

「……ラヴィーク様？」

突然の動きを不安そうに見つめるレナの前で、ラヴィークは自らの服を、下着を残して素早く脱ぎ捨てる。しばらく茫然とした様子でラヴィークの身体を見ていたレナは、ようやく気づいたように、慌てて顔を逸らした。

「もっと見ていいんだよ、レナ」

「そんな……っ」

怯えを含んだ顔が赤らんでいるのが愛らしい。

ラヴィークはそのまま逃げようとするレナの身体をもう一度腕に抱き、後ろから抱えるようにして寝台に座る。

「ラヴィーク様っあ、やぁっ」

「……レナの身体は、どこも柔らかいね」

「あっあっ」

背後からレナを抱え込み、丸い胸を思うまま手の中で弄ぶ。

腰から腹部を辿り、胸を掬い上げると、レナは背中を反らせて震えた。

細い腕を手のひらで撫でると、肩を竦めて身を捩ろうとする。擦り合わせようとする脚の間に指を差し込み、ドロワーズの上から大腿部の柔らかさを確かめると、レナは堪えきれないといったふうに声を漏らした。

「……っラ、ヴィーク、様ぁっ」

レナの手は先行くラヴィークの手を止めようと追ってくるが、止められる力など持たず、追いかけられる喜びをラヴィークに与えるだけだった。

そうか、これがよくて、レナは逃げるのか。

放置という形でラヴィークを置いて去ったレナの姿を思い出し、確かに楽しいかもしれないとあのときのレナの気持ちを考える。

ドロワーズの縁から手を差し込むと、レナの身体がびくりと揺れた。そこに欲しいものがあると知っているラヴィークは、レナの顔を振り向かせて唇を塞いだ。

「ん――ッ」

悲鳴のような声を奪うだけでは満足できず、熱い口の中へ舌を潜り込ませて、歯列の奥を何度も撫でる。奥に隠れたレナの舌を探り当てて、引き上げるようにして絡めると、レナはぎゅっと目を瞑《つむ》った。

それと同時に、ドロワーズの中の手で下肢《かし》を弄《まさぐ》り、レナの下生えを撫で、熱い割れ目に指を差し込んだ。

「んんっ」

レナは脚を強く擦り合わせて、ラヴィークの手をどうにか止めようとしているが、そんなことで止まるはずがない。

中指の腹でゆっくりと割れ目をなぞり、芯を探り当てると、確かめるように強く刺激してやる。すると、レナのくぐもった声がラヴィークの口の中を満たした。

「んう――……っ」

それに合わせて強く口に吸い付く。レナの中にある唾液《だえき》をすべて吸い上げてしまいたいとも思った。

やがて秘部を弄る指が、ぬるりと濡れる。それにラヴィークは頬を緩めた。

自分の愛撫《あいぶ》に応えてくれていると思っただけで、ラヴィークは達《い》ける気がした。

「やっん！」

口を離すと、レナは呼吸を思い出したように胸を上下させて大きく息をする。

思わず上がった先ほどの声に驚いているのはレナ自身のようだ。

しかし、ラヴィークにとってその甘い声は誘っているとしか思えず、もっと鳴いてほしいとさらに指を蠢《うごめ》かした。

蜜に濡れて動かしやすくなった指で割れ目を擽《くすぐ》り、手のひら全体でそこを撫で上げる。

「あっやっや――っ」

「ああレナ……もっと泣いて」

硬くなった芯を弄び強く刺激し続けると、レナの身体は震えを抑えるように強張《こわば》っていく。その合図を見てとったラヴィークはレナの芯を指先で強く擦り上げ、彼女が達する瞬間を目に収めた。

「ん――ッ」

びく、と大きく身体を揺らして、おそらく身体の奥から込み上げるものに耐えているのだろうレナの姿に、うっとりと目を細める。

「レナ……気持ちいい？」

笑みを含んだ声で問いかけるが、達した身体を持て余しているのか、レナはぼんやりと目を彷徨わせるだけだ。

ラヴィークは濡れた手をドロワーズから引き抜くと、ぺろりと舐めた。それを見たレナは急に現実に戻ったように目を見開いたが、これくらいで驚いてもらっては困る。

ラヴィークはレナの身体をもう一度寝台へ倒し、残ったドロワーズに手をかける。

「や……っ」

慌ててそれを阻止しようと抵抗するものの、ラヴィークにとっては猫がじゃれているようなものだ。

しかし、ドロワーズを取るためには鞭も外さなければならない。それが残念でならない。これからは素肌につけてもらわねばと考えながら、ラヴィークは片手でそれを解き、レナのすべてを眼下に晒《さら》した。

「……ッ」

全裸の身で、いったいどうやって身体を隠そうというのか。身を捩り、腕を胸に回し、脚を擦り合わせるレナの姿はこれまでで一番ラヴィークを興奮させるものがあった。

羞恥に染まるレナの赤い顔には、怯えよりも焦りがある。

これから何があるのか、理解しているからこその反応だ。

「レナ……レナは、僕のものだよ」

「あ、やっ、ま、待ってくださ……っあ！」

膝を割って身体を押し入れ、硬くなった性器を自分の下着越しにレナの秘部に擦りつける。ずり上がって逃げようとする身体を押し留めるため、ラヴィークは上半身を倒し、のしかかるようにして腕の中にレナを収めた。

「レナ……」

「んっんっや、んっ」

レナの金色の髪は、根元へ行くほど赤みが強いようだ。指を差し入れて梳《す》いてみれば、先に行くほど細い糸のように柔らかい。

首筋に顔を埋め、何度も唇を這《は》わせる。頬の方へ回り、啄《ついば》むように口付けを繰り返し、それと同じだけ、腰を押しつけるように揺らした。

ラヴィークの身体に残った下着を少し下へずらせば、完全に上を向いた性器が現れ、レナの割れ目に沿って揺れる。

ラヴィークはそれだけで呻《うめ》きそうになった。

レナに触れた部分が熱い。すべてが包まれたなら、いったいどれだけ気持ちがいいのか。

想像するだけで堪らなくなり、ラヴィークは逃げようとするレナの割れ目に沿って腰を押しつけ、淫らに揺らした。

「んっは、やぁ、ラヴィーク、様っ待って、まだ、待って……っ」

繰り返される口付けからも逃れようと、顔を背けるレナを追って、ラヴィークは何度もその口を啄んだ。レナの胸を自分の胸板で押しつぶすと、その柔らかさにずっと埋《う》まっていたくなる。

それでもまだ逃げようとするレナに、ラヴィークは笑いを含んだ声で囁いた。

「待つって、何を？　レナ……もう、待たなくて大丈夫だよ？」

「あ、や、だって……っま、だ、あ、あぁぁっ」

一度腰を引き、深くを探るようにぐっと押し込む。ラヴィークの性器はレナの割れ目に潜り、硬い先端からゆっくりと挿《はい》り込んだ。

「レナ……っ」

「あ、や、あぁ……っ」

ぬるりと滑《すべ》っていくのは、レナの愛液のせいか、自分の先走りか。ラヴィークにも解らないが、硬く閉じているレナの内壁が、じわじわとラヴィークの形に開いていくのははっきりと感じた。

「んッ……う、あ、んっ」

レナは初めてのはずだ。

きっと痛みを感じるだろう。

それでも、まるでこうなることが決められていたかのように、レナは最後までフヴィークを受け入れ、ぴったりと隙間なく重なるようにふたりは繋《つな》がった。

すべてがレナに包まれると、ラヴィークは深く息を吐いた。

レナは、その吐息にすら感じるのか、小さく身体を震わせている。

「レナ……」

悦びに溢れた声で呼びかけると、レナは強い目で睨みあげてくる。

「……っ待ってって、言ったのに！」

そんな顔を見せておいて、待てが聞けるはずがない。

頬が紅潮し、赤い目元は涙に濡れている。ラヴィークを誘う表情をしながら、抗う意思も隠さないレナに、ラヴィークは堪らず腰を揺らした。

「ああっ」

「レナ……こんなにぴったりなのに、そんな可愛い顔で強請《ねだ》られると、堪らないよ」

「強請ってません！　なにを……っんあっあっやぁっ」

「レ、ナ……ッ」

腰を揺らすと、摩擦がさらに熱を生み、ますますラヴィークは止まらなくなる。

レナの敷布を摑む手が、白くなるまで強く力を入れているのに気づいて目を細める。

レナの手にあるのが、敷布なのが面白くない。

ラヴィークはレナの両手を敷布から引き剝《は》がすと、自分の手のひらを重ねた。細い指の間に、自らの指を強く絡ませる。

ラヴィークの手に対し、レナの指はいっぱいに広げられていて、大きさの違いがよく解る。

小さなレナ。細いレナ。

鞭を振るう姿は誰よりも大きく見えて、思わず崇《あが》めたくなるようなのに、組み敷いてみるとあまりに小さくて驚いてしまう。

しかし、どちらのレナも欲しかった。

どちらのレナも、ラヴィークのものだった。

ああ、結婚したのだ。

その悦びを再確認したラヴィークは、強く腰を揺らし、レナを追い立てるように自分の気持ちを解放した。我慢などもうしたくはなかった。

「あっあっあぁぁ……っ」

ラヴィークの勢いについて来られないレナは振り回されるように乱れていたが、その姿がますますラヴィークを駆《か》り立てる。揺さぶられる身体をしっかりと腕に抱き込むと、レナが無意識にラヴィークの背中に手を回した。

振り回される身体をどうにかしようと思っただけかもしれない。

しかしそれがさらにラヴィークを喜ばせた。

やがて、レナの中で絶頂を迎えたラヴィークは、もうレナ以外の何かで満足することはないだろうと、このとき悟った。

この先ずっと、ラヴィークを受け止めるのはレナしかいない。

そのために、何があっても、この手を離すものかとラヴィークは重なった手を強く握りしめた。

三章

レナの意識が戻ったのは、もう陽も高く昇った頃だ。

視界に映るのは豪華な天蓋《てんがい》であり、おっくうに感じながらも目を動かすと、カーテンの隙間から光が差し込んでいる。

ぼんやりとそれを見つめながら、自分の身にいったい何があったのかと、レナは寝起きの頭を働かせ始める。

ここは自分の部屋には見えない。

ではどこだろう、と呑気《のんき》に考えながら、もう一度目を閉じて身体をごろりと動かしてみる。そこで全身に疲労を感じた。気怠《けだる》いどころか、重石《おもし》を載せられているかのように重く、じわりじわりと痛みすら感じるほどだ。

「…………」

薄ぼんやりとした記憶を辿っているうちに、身体の記憶のほうがはっきりしてきて、脚の間がじくじくと痛みだす。

レナは一気に昨日のことを思い出した。

結婚してしまったのだ。

それも、アルヴァーンの王太子であるラヴィーク王子と、瞬く間に婚姻を結び、気づけば王子の部屋で、寝台の上だった。

自分はいったい何をしてしまったのか。

レナは抹消《まっしょう》したい記憶を持て余し、顔を引き攣《つ》らせた。

全身を襲う震えを抑えようとしたが、上手くいかない。

昨日宮殿へ呼び出されて、驚いている間に流され、結婚証明書に署名してしまった自分を、呪ってしまいたい。

いったい自分の人生をなんだと思っているのか。レナは自分で自分を罵っていた。

さらに、そのまま王子と初夜を迎えてしまったのだ。

正直なところ、そのあたりも流されてしまったとしか言いようがなかった。王子は、もしかしたら魔法が使えるのかもしれない。

混乱している間に、キスをされた。そこからレナはおかしくなってしまっていた。

レナの身体に湧き上がる熱がなんであるのか、王子はすべて知っているかのようで、レナよりも簡単にその熱を操っていたように思う。

あの顔も悪い、とレナは悪態をつく。

美しい顔は、それだけで見る者を惑わせる何かを持っている。レナのささやかな抵抗を楽しそうに奪っていく王子に、レナは逆らうことができなかった。

何も知らなかったはずなのに、王子のすべてを受け入れ、あんなにあっさりと身体が繋げられるものとは想像もしていなかった。

おかしい。なんで。どうして。

広い寝台で、痛みも忘れるほどの羞恥《しゅうち》に悶《もだ》えて敷布に埋まっていたが、ふいに、レナは今ひとりだということに気づき、視線を彷徨わせる。

見渡してみても、レナ以外の人間がいる気配がない。いったい王子はどこへ行ったのか。いや、そもそもこの寝台の上で、どれほどの時間絡み合っていたのか、レナは記憶が曖昧で、とくに中盤あたりから解らなくなり、自分が淫らに泣いた記憶は夢なのか現《うつつ》なのか、考えるだけでも赤面する。

あられもない姿で顔を赤くした自分を誰かに見せたいとは思わず、今ひとりでいることに安堵するが、何も身に着けていないままなのは、ひどく心もとない。

レナはゆっくりと身体を起こし、掛布で身体を隠しながら周囲を確かめる。

寝台の傍の机には、小さな鈴がある。これを鳴らせということだろう、と気づきながらも、誰が現れるのか解らずレナは躊躇った。

記憶が確かなら、ここは宮殿の王子の部屋であり、住み慣れたバーディ男爵家のレナの部屋ではない。おそらく隣に控えているであろう侍女も、王族に仕えている者のはずだ。

ほとんど初対面という相手に見せられる格好ではない。けれど、着替えもなくひとりで大人しくしていることもできない。

仕方なく、レナは深く息を吐き、覚悟を決めて鈴を鳴らした。

するとすぐに、寝室と隣の部屋を繋ぐ扉から軽いノックの音があり、その後、声と共に扉が開いた。

「レナ様、お目覚めですか？」

現れた侍女に、レナは安堵の息を漏らした。

バーディ男爵家の侍女のキラだったからだ。

「体調はいかがですか？　すぐにお湯浴みができる用意は整っております。お着替えもご用意してありますが」

「…………」

体調はよく解らない。湯浴みは嬉しい。着替えがあるのなら服を着たい。

レナは問われたことにそう答えたかったが、掛布に身体を隠したまま、声を失くしていた。この状況を一番解っていないのが自分だったからだ。思ったよりもまだ動揺しているらしい。

すべての説明をしてほしい、と願ったが、何から聞いたらいいものかと動きすら止めて考えていると、付き合いの長い侍女はそれまでの畏まった様子を改め、悪戯《いたずら》を仕掛けるような顔でにこりと笑った。

「とりあえず、初恋が実《みの》って良かったね！」

「初恋じゃない――――！」

思わず叫び返し、そのまま掛布に顔を埋める。きっと耳まで赤いだろう。

この状況で、レナが何をしていたかなど解らないはずがないのだ。

レナは男爵令嬢であるが、キラとは使用人時代からの友人ともいえる間柄だ。何が悲しくて友人に赤裸々な性行為の後始末を頼まなければならないのか。

王子の馬鹿！

レナは結局この羞恥と怒りを、原因である王子にぶつけるしかなかった。心の中で盛大に罵り、柔らかな敷布を強く叩く。

レナの心情を理解してくれているのか、キラはひとまずレナに落ち着くように言って、レナの知らないこれまでの状況を説明してくれた。

「とりあえず、王子様とレナが結婚したのは、正式に発表はされていないみたいよ。でも宮殿にレナが部屋を賜《たまわ》ってしまった以上、すぐに広まるとは思うけれど。レナ付きの侍女として、男爵家からは私だけがとりあえず来たけど、もう少し部屋を整えたら、あと何人かは呼び寄せる予定」

キラの説明は、簡単なものだった。

すなわち、この寝室は王太子夫婦のものであり、左右の壁にある扉が、それぞれの私室へと繋がっているらしい。キラが現れた扉の向こうがレナの私室になる。その中には、すでにレナの私物がいくつか運び込まれ、生活するのに困らない状態に整えられているそうだ。

手が足りないところは王子付きの侍女が手伝ってくれるらしい。宮殿の侍女ということでキラも身構えていたようだが、「気やすく付き合える人たちで過ごしやすそうだよ」と教えてくれる。

さらに今日は結婚した日の翌日であり、すでに昼を回っているとのことだ。

「いつまでも起きないからちょっと心配してたけど、相当お疲れみたいだねぇ」

「…………」

何で疲れているかなどレナは思い出したくもなかった。しかし、裸のままのこの姿が忘れさせてくれない。

恨めしい気持ちを込めてキラを睨みつけると、軽く笑って受け流され、とりあえず身繕いをするため、レナは用意されたガウンに身を包み、寝台から出ることにした。

湯浴みをしてさっぱりすると、レナはドレスに着替えて軽い食事をとる。

料理は優しい味つけがされていて、おそらく疲れているレナにあわせたものだろう。

その優しさに感謝しながらお腹を満たすと、侍女に戻ったキラにこの後の予定を教えられた。

「クリヴ・カターム様が、もしレナ様が動けるようなら、とお待ちです」

「カターム様が？」

いったいなんだろう、と首を傾げても、内容など解るはずもない。

レナがすぐにクリヴを呼ぶように伝えると、クリヴは間を置かずに現れた。

そして、レナを前にするなり、深く礼をする。

「レナ様、ご結婚おめでとうございます」

「あ……えっと、ありがとうございます……？」

疑問の形で答えてしまったのは、本当にめでたいのか自分が一番疑問に思っていたからだ。しかしクリヴはレナの気持ちなど気にしていないかのように、喜ばしそうに微笑んでいる。

「レナ様にとってみれば、この婚姻はあまりに突然のことだったと承知しております。王子はあまりに強引だったと、我々も思っております。しかし、大事なのはこれからです」

「……これから？」

「はい。この先、レナ様には王子とお幸せになっていただきたいのです。そのためには、レナ様にもっと王子のことを知っていただきたく、そのことをお願いしに参りました」

「ラヴィーク様のことを……？」

レナがそこで反射的に顔を顰めたのは、すでに王子の内面を知ってしまっていたからだ。

そして強引に結婚を進めたのが王子だけではなく、その周囲の者たちの意志でもあったとレナは理解し、原因の一端でもあるクリヴに鋭い視線を向けた。

「私としましても、もっとお互いをよくお知りになってから、と思っていたのですが……王子がどうしても、レナ様でないと駄目だ、すぐに結婚したい、とおっしゃって。本当に、レナ様に夢中のご様子なのです」

そう言われては、レナには何も返すことができない。

第三者からこうもはっきりと伝えられるほど、王子の気持ちが周囲に知られているのかと思うと、気恥ずかしさで身じろぎしてしまう。

「王子はレナ様にすでに夢中ですが、レナ様にも王子のことをよく知っていただければ、と」

クリヴによると、ラヴィークは本当によくできた王子なのだという。

確かに、皆から英雄と言われるほどの人物であるから、素晴らしい人には違いない。

レナはそれをちゃんと知っている。その力によって助けられたひとりなのだから。

しかし、再会してからの王子の言動が、レナの中の「王子様像」をすべて打ち砕くかのような衝撃を与えてくれたために、心酔する気持ちが薄らいだのも確かだ。

クリヴはそのレナに、王子のことを知ってほしいと心から思っているようだ。

「王子は即断即決の方でして。また、昔からそのご判断が間違っていたこともなく、この先も王子のご決断に迷うことなく信じてついていくことになるだろうと思っております。私たちはレナ様にもそんな王子の気質を受け入れる努力をしていただきたいと思ったのです」

「努力、ですか？」

「はい。努力です。もう、ご存じだとは思いますが……王子のご趣味、いえ、ご性癖は少し変わったものでして」

少しだろうか？

レナは思わず首を傾げたのだが、まるでその心の声が聞こえたかのようにクリヴが言い直した。

「まぁ、他に類《るい》を見ないほど変わっているかもしれませんが、人を傷つけるものでないことは確かなのです」

それはそうだろう。

何しろ自分を傷つけたい衝動に駆られる性癖のようだから。

レナはクリヴの言いたいことがいまいち解らず、とりあえず最後まで大人しく聞いてみることにした。

「王子は王太子として、この国を担う方として、最良の方です。それは、私たち執務官の一致した意見です。この国のために戦い、守り、導くのに王子ほど適した方はいらっしゃいません」

「……はい」

レナも深く頷いた。

それについてはレナも同じ思いではあった。

「陛下は、近いうちに王位を王子にお譲りするおつもりです。しかしそれには、王子がご結婚なさり、後継者をつくるご意志がちゃんとあることが解ってから、と決めておられました。王子のご結婚は、本来ならすでに決まっていたはずなのですが……王子が、ご自身の好きな方とのご結婚を望まれまして」

好きな方。

レナはその言葉に微妙な顔をした。

もしかしなくても、それが自分のことなのだろうか、と訝しんだからだ。

クリヴはその顔からレナの言いたいことを理解したのか、頷いた。

「身分のつりあう方、王子をお慕いしている方、いろいろな方が王子のお相手として候補に挙げられましたが、誰も王子の理想には届きませんでした。私たちも半分諦めていたところでしたが——本当に、貴女がいてくださって良かったと、陛下と同じく、私も安堵しております」

「……は？」

「正直なところ、王子が好きになる女性などこの世に存在するのだろうか、と思っていたのです。ご結婚から逃れたいための言い訳ではないかと。ですが、王子は本当に探しておられたのだということがよく解りました。レナ様に会って、自ら望まれたのですから」

良かった良かった、とにこりと微笑むクリヴだが、レナは同じようには笑えない。

何しろ、相手は王太子なのだ。

そんな人との結婚となれば、先ほどクリヴも言っていたように身分のつりあいが第一に求められるものではないだろうか。こんなにもあっさりと結婚してしまって本当に大丈夫だったのだろうか。

まさか自分が養女であることを知らないのでは、と不安にもなる。

「あの……カタール様。私は男爵家の娘といっても、養女なのですが……」

「存じております」

存じてましたか。

逃げ道をあっさりと塞がれたような気がして、レナは何も返せなくなった。

「私としては、王子がレナ様を望まれた、それだけで充分だと思っておりますが、確かにご結婚となれば多少問題もあります」

多少どころか、問題だらけなのでは、とレナは思うのだが、クリヴはその問題も何でもないことのように続けて言う。

「私は王子に、お幸せになっていただきたい」

「……え？」

「ただでさえ、国を担うという激務に就かれるのです。せめて私生活では、心安らかに、悦びに満ちた生活を送っていただきたいのです。ですから、お好きな方とのご結婚は私にも喜ばしいものなのです。――ですが、問題はレナ様です」

「私……？」

いつしか真剣になっているクリヴの表情に、レナの身も引き締まった。

いったい、何を期待されるのだろうと不安になる。

「貴女にも、王子を望んでいただきたいのです」

「私、が……？」

「王子を好きになっていただいて、おふたりが共に幸せになってこそ、王子がお幸せであると言えるのだと私は思っております」

レナは目を丸くして、そして何度か瞬いてクリヴを見つめた。

そんなことは考えてもいなかったからだ。

王子からの求婚は突然で、強引で、命令だった。レナが拒めるような隙などどこにもなかったし、そもそも自分の気持ちなど入り込む余地はないはずだ。不満は多々あれど、それが貴族の結婚だとも思っていた。

目から鱗《うろこ》が剝がれ落ちたように瞬きを繰り返すレナに、クリヴは、ふ、と笑った。

「なので、本日は王子のことをよく知っていただくために、私が勝手にレナ様をお誘いしに参りました」

そしてレナはクリヴに案内されて、部屋を出て宮殿のさらに奥へと向かい、どこを通ったのかいつの間にか外へ出ていた。

目に飛び込んできたのは、忙しなく動く人々。そして荒々しい声が耳に届く。

そこは近衛隊の訓練場だった。

広い訓練場では大勢の隊士が様々な鍛錬をしている。走り込んでいるもの、剣を激しく打ち交わすもの、身体をぶつけ合っているもの。

護身のために、レナもいくつかの武芸を習ったことがあるが、ここまで大勢の人が訓練しているのを見るのは初めてだった。

圧倒されていたレナを、クリヴはそっと端のほうへ案内してくれる。

そして一番奥まった隅の方で組手をしている人たちを示された。

「あちらを」

ここにいったい何があるのかと不思議に思ったものの、その方向を見て、すぐに理解した。

近衛隊の中でもかなり体格の良い隊士が組手をしている。その相手にレナは驚いた。

金色の髪を振り乱して、他の隊士と同じように必死になっていたのは、どう見ても王子その人だったからだ。

「もう一度！　今度は右からです！」

「解った！」

強い声に、同じように強く応える声。

その姿を改めて見ると、王子は近衛隊士に見劣りしないほど逞しいのだと気づいた。

すぐに昨夜の彼の肢体を思い出してしまい、思わず顔を赤らめるものの、レナは感心していた。

レナより頭ひとつは高い身長に、肩幅も広く、隊士の掌底《しょうてい》を受けてもびくともしないほど厚い胸板は、王子としてだけでなく、戦士としても素晴らしいものだった。

そして他の隊士と同じように、本気で訓練に取り組む姿は、記憶にある少年と重なるところがあった。

自分の命を守ってくれた、あの少年だ。

自分の剣を血に濡らしながらも、幼い命を守り気遣ってくれた人は、やはり王子だったのだと改めて思い知る。

キラには「初恋などというものではない」と言い返したものの、湧き上がった想いはやはり初恋だったのかも、と思い直してしまうほどに素敵なものだった。

「王子は公務の合間に、こうして自ら鍛えることも怠りません」

「……素晴らしい方ですね」

クリヴの言葉に、レナは素直にそんな感想を抱いた。

本当に、国のため、人のため、自分を高める努力を怠らない人が、この国を導く人となる。それはアルヴァーンの国民にとって、何よりも嬉しいことなのではないだろうか。

レナも王子の努力と、その姿勢に見惚《みと》れた。

そのとき、隊士の腕が強く撓り、王子の身体を吹き飛ばした。

あっと思ったのはレナだけで、周囲は当然のことと受け止めている。誰も隊士を諌めたりするようなことはない。皆、それだけ真剣なのだ。

王子はすぐさま身体を起こし、吹き飛ばした大柄な相手を見上げた。

「……もっと！　もっと強くだ！」

「次が欲しければ立ち上がってください！」

「ああ！」

王子の心からの叫びに、相手も大きな声で答えた。

レナはその情景を見て、あれ？　と穏やかな顔のまま固まった。

「…………」

口を噤んでしまったレナにクリヴは問いかけることもない。

真剣に組手に取り組む彼らだが、王子の表情を改めて見て、レナの思考は一瞬止まった。

王子の顔が、輝いている。

恐ろしく嬉しそうに、喜んでいる。

打たれれば打たれるほど。蹴られれば蹴られるほど。強く次を望んでいる。投げ飛ばされているのに、防御をわざとしていないかにも見える。

あれでは身体中が痣《あざ》だらけになるだろう。

相手の隊士は、顔だけは避けているのか、王子の首から上は綺麗なものだが、その綺麗な顔に恍惚の表情を浮かべて組手をする、いや相手の攻撃を受ける様は、レナの思考を止めてしまった。

レナは笑みを浮かべたまま、側に立つクリヴにそっと視線を向ける。しかし目が合うことはなかった。

レナが視線を向けるのが解っていたかのように、クリヴは自然に顔を背けてしまったからだ。

「……あの」

「王子は今日もお元気ですね」

何よりです、とまるで好々爺のように、達観した何かを含んだ感想を口にするクリヴは、すべての事情を知っているようだ。

知っていて、あえてそこには注目しないようにしているのだ。

「カターム様!?」

説明を求めて、レナは声を荒《あら》らげた。

本当に知りたかった。

王子は、本気で、自分を傷つけてほしいと思っているのか。周りも理解して、王子の嗜《し》好《こう》を認めているのか。

立派な王子を、国中で知らぬものなどいない英雄と称えられる王子を、そのように扱えと、レナにそれを求めているのか知りたかった。

けれど、レナの声は、夢中で組手をしていた王子の耳にも届いてしまったようだった。

「レナ!?」

王子は、地に伏した身体をがばりと起こしたかと思うと、目を輝かせてあっという間にレナのもとに駆け寄って来る。埃と汗にまみれた身体が、突然視界いっぱいに広がり、次の瞬間にはその腕の中に収まっていた。

「レナ！　おはようレナ！　レナが目覚めるまで一緒にいたかったのだけど、急ぎの公務があってどうしても行かなくてはならなかったんだ！」

「ちょ、ちょ……っちょ、っと！」

「仕事をしていても何度もレナの身体を思い出してしまってね。寝室に戻りたいというのに皆が引きとめるものだから仕方なく訓練で気持ちを発散させていたけど……あぁレナ！現実の君には何も敵わない！　あの冷たい目！　身の凍《こお》るような声！　それを思い出すと僕はもうこんな柔《やわ》な訓練じゃ満足できない！　それに鞭に打たれる喜びを僕に期待させておいてお預けなんて！　なんて酷い人なんだ君は！　お仕置きを引き延ばすなんてそんな苦しみを僕は初めて知ったよ！　でもそれもすごくドキドキしたんだ……」

レナをぎゅうぎゅうに抱きしめながら、最後にはうっとりとした声で囁く王子に、レナは身動きもできず混乱のさなかにいた。

いったい何なのか、どうしたのか、何が起こっているのか。

嗜好全開の王子の言動に眩暈《めまい》を感じるが、感極まった王子に抱きつかれていては倒れることもできない。途中から王子の発言が昨夜の情事でないものになっているが、王子自身はその違いに気づいていないようだ。

慌てて周囲に視線を向けると、右を向いても左を向いても同じ表情でレナを見ていた。

つまり、この状況を生暖かい目で見守られているのである。

その瞬間、レナは悟ってしまった。

近衛隊の中では王子の嗜好は隠されていない。そしてレナはその嗜好に付き合える相手として理解されてしまっているのだ。

冗談ではない。

王子に被虐嗜好があったとしても、レナには嗜虐《しぎゃく》的な趣味はないのだ。

正直、相手を見下《みくだ》したり蔑んだりするのは好きだが、それは先に相手がレナを見下したときが多く、何の理由もなく蔑まれることが我慢できないから、言い返しているに過ぎない。決して、理由なく人を痛めつけるのが好きなわけではない。

助けて、という思いを込めてクリヴを見ても、彼も他の人と同じ反応をしていた。

そこで、レナの理性は限界に達した。

「王子様！　放してください！」

「嫌だ！　僕をこんな身体にした責任を取ってくれ！」

どんな身体にもしていない、とレナは叫びたかったが、あまりの羞恥に顔が真っ赤に染まり、言葉が上手く発せられない。何度かはくはく、と息を出すように口を開閉し、その間にもう一度強く抱きしめられてレナはようやく声を出す。

「人前でなんてことを！　王子様、すぐに離れてください！」

「嫌だ！　レナ、名前で呼んでほしいと言ったのに、僕の名前を忘れたの？」

「……ッ、ラヴィーク様！　放してください！」

「嫌だ！　もう逃がさない！」

　要求されるまま名前を呼んでみたものの、結果は変わらなかった。

「お預けなんて、それもちょっとドキドキしたけどもう待たされるのは嫌だ！」

「ラヴィーク様！」

　レナはただこの状況をなんとかしたいと必死の思いで、王子の身体を強く押し返した。するとと、今度はあまりにも簡単に王子は腕を解き、まるでレナが跳ね飛ばしたかのように地に崩れる。

　そんな力は自分にはないはずだ。

　先ほど見た限りでは、王子はかなり強いのだろう。組手をしていた相手も強かったのだろうが、王子自身も力があり、女性の力に負けるなんてことがあるはずがない。

　そもそも、これくらいで離れるのなら昨日の出来事はなんだったのか。

　いったい何が起こったのか、とレナの方がうろたえたが、次の瞬間目を瞠《みは》った。

「ああ……！　もっと強くしてくれないか……！」

　うっとりとした表情で、王子はレナに縋るようにドレスの裾に手を掛けてきたのだ。そしてやはり逃がさないとばかりに全力でレナの下肢を締めつけてくる。

　その目を見て、レナは反射的にスカートの中に手を差し込み鞭を手にした。

何故か当然のようにこの鞭も着替えと一緒に用意されており、レナもつい習慣で装着してしまっていたのだ。

「下がりなさい！」

パシィン、と土埃を立て、鞭が地に向かって撓る。

その音にすぐに手を離した王子は、目を輝かせていた。

レナはその姿を卑《いや》しい者を見る目つきで見下ろした。

「……待てができないなんて、本当に駄目な人ね。そもそもそんな薄汚い格好で、私に触れることが許されると思っているの？　まったく厚かましい王子様ですこと。本当に躾けが必要なようね？」

「ああ……レナ……！」

「口を閉じなさい。おしゃべりを許した覚えはありませんわ。私と会話をしたいなら、そのお姿を少しはましなものにすることね。本当に見苦しいったら」

嘘だ。

そんなこと、ちっとも思ってない。

王子のおかしな嗜好は別として、国のために努力を続ける姿が、近衛隊士と同じように汗まみれになる姿が見苦しいと思うなど、どれほど傲慢な人間なのか。

これで王子が怒ってくれるなら、こんな茶番劇をやめさせてもらえるきっかけになるので嬉しいことなのだが、残念なことに王子の顔はさらに輝いた。

「はい！　ごめんなさい！」

レナを抱きしめようとする王子の手から一歩下がってもう一度鞭を振るった。

しかし決して、王子に当てたりはしない。

「身なりを整えてからよ」

「すぐに着替えてくるよ！　だから待っててレナ！」

レナがその先を言うより前に、王子はすぐさま立ち上がり、護衛も側近も放置して恐ろしい速さで宮殿の建物の中に向かって駆けだした。

その姿が見えなくなってから、レナは全身の力が抜けたようにぐったりとなった。

許されるなら、この地に倒れてしまいたい。

王子を鎮めるために使った鞭が、この場で一番おかしなものとして手に残っていた。

自分に視線が集中しているのが解る。

ついさっきまで訓練に集中して、レナのことなど見てもいなかった隊士たちが、レナを見ている。

何を考えているのか、これからレナはどうなるのか、何を言われるのか。

考えただけでぞっとする。この場所に立てている自分が不思議なくらいだ。許されるなら、走って逃げてしまいたい。

いや、逃げてしまおう。

一番手ごわい王子はいないのだ。

逃げられるときに逃げないと、またあの腕に捕まってしまうだろう。そうなると、本当に逃げられなくなる。一度重ねてしまった身体は、王子のすべてを知り、そしてレナのすべても王子に知られてしまった。もう一度抱かれたら、自分は本当にどうなってしまうのか解らず、不安が込み上げる。

手にした鞭の柄を強く握りしめ、これはなかったものとして王子のように素早く走り去るのだ。

そう決めて顔を上げたところで、レナは声を失った。訓練場にいた近衛隊の隊士すべてが揃ったのでは、と思うほどの人数がレナの前に並び、片膝をついている。

「…………」

いったい何が起こっているのだろう。説明と助けを求めて視線を巡らせると、クリヴが側に立ち微笑んでいた。

「レナ様にご挨拶を」

「え？」

一番前にいた隊士が片膝をついたまま頭を下げる。それに合わせて、全員が揃って頭を下げた。

その光景は、壮観だった。

一糸《いっし》乱れぬ動作は、彼らが日ごろから訓練を怠っていない証とも言える。驚いていると、一番前の隊士が声を張り上げた。

「レナ様に、近衛隊より忠誠を！　隊を代表いたしまして、近衛隊第二中隊長、ダニール・ベロワよりご挨拶申し上げます！」

よく見れば、彼は先ほどまで王子と組手をしていた隊士だった。

この中では、一番上の位なのだろう。

挨拶は了承できたものの、その内容がまた理解できなかった。

忠誠ってなに。

レナが驚き過ぎて何も言えないでいても、ダニールは続けた。

「これより、近衛隊はレナ様に剣を捧げます。王族の一員となられたレナ様を、全力でお守りいたします。ラヴィーク王太子とのご結婚、心よりお祝い申し上げます！」

「――待って！」

それ以上を聞きたくなくて、レナは手を広げてその言葉を止めた。

なんだかすべての逃げ道を塞がれている気がする、とレナは背中に冷ややかなものを感じた。

「あの、待って、待ってください、本当に！　私はただの男爵家の、それも養女なんです！　とても王子様のお相手になるような身分ではないのです！」

「そのようなこと……何より、王子ご自身が望まれたことが大事なのです。さらに、陛下よりお相手の身分は問わず、とのお言葉がすでにありましたので」

「レナ様、我々も、ご身分などは問題にしておりません。何より王子がとても嬉しそうなこと、それが大事なのですから」

ダニールがクリヴに同調し、さらに他の隊士たちも大きく頷く。

やはり彼らは知っているのだ。王子の嗜好を。

だから何よりレナを推《お》すのだろう。

レナは手にした鞭を一瞥《いちべつ》して、できるならこんなもの捨ててしまいたいと初めて思った。

「いえ、あのこれはそういうためにあるのではなくて！　護身用ですから！　本当に私、王子様をぶったりできません！　そんな趣味はないんです！　決して、喜んでしているわけでは！　さっきも王子様から逃れたくて必死で――――！」

「あのように王子を操れる方など、私は長年ご一緒しておりますが初めてです」

「ええ、充分王子とお似合いかと思います」

レナはこれ以上ないくらい必死だというのに、周囲はまったく意に介さず、王子をレナに押しつけているかのようだ。

その笑みの下で、これで自分たちの肩の荷が下りるとほっとしていることが、レナにもはっきり解った。

レナにしてみれば、とんだものを押しつけられて喜べるはずがない。

たとえ王子が初恋の人だろうと、尊敬に足る人だろうと、その人と結婚できるなど考えたこともないのだ。それに現実の王子は、レナの嗜虐的な部分だけを求めている気がする。

いや、昨夜の王子を思い出すと、どこか意地の悪い部分も押しつけられた気もする。

しかし自分は決してそんな人間ではない、とレナは叫びたかった。

人を傷つけたいと思ったことはない。

戦争のせいで生まれた国を追われて、底辺の暮らしをしてきたが、それを恨んで誰かを傷つけるなんて考えたことはなかった。

なのにこの人々は、国王でさえ、率先してそれをレナに押しつけようとしているのだ。

こんな酷いことはない。

レナが暗い気持ちに襲われそうになったとき、背後から張りのある声が届き、レナはまた逃げ道を塞がれたのを悟った。

「待たせたね、レナ」

早すぎる！

振り向けば、王子がまさに完璧な王太子の装いをしてそこに立っていた。

あの埃にまみれた格好から、この短時間でどうやってこんなにも綺麗な衣裳に着替えることができたのか。

毎回ドレスの着つけに時間のかかるレナには、驚くばかりだ。

しかも王子は汗ひとつかいていないように爽《さわ》やかに金色の髪を靡《なび》かせ、微笑んでいる。

「さぁ、行こうか」

紳士らしく腕を伸ばされると、レナはその手を取るしかない。

しかも行き先も解らないのに、並んで歩くことになるのだ。

もう取り繕って微笑んでもいられないと、レナは売られる子牛になった気分で王子の腕に手を掛けた。そしていつまで出していても仕方がないと、鞭をスカートの中に素早く仕舞う。これで普通の令嬢らしい格好になったのだが、王子の目が名残惜《なごり》しそうにそれを追っているのを見て顔を背けた。

残念そうな顔をしないで！

そう叫べればどんなに楽か、とレナは叫ぶ代わりに溜め息をつき、王子に従って歩いた。

近衛隊の全員が敬礼して見送っているのが解り、レナはさらに何とも言えない気持ちを抱えることになったのだった。

訓練場から宮殿に戻るには、宮廷庭師が腕によりをかけて整えている庭を通ることになる。しかし王子が隠れることもなく堂々とその場を進んでいくので、東屋《あずまや》で休んでいた他の貴族令嬢たちにしっかり見られていた。

彼女たちの顔が、驚愕《きょうがく》に変わっているのがよく解る。

怒りに満ちた気配すら感じる。

彼女たちにしてみれば、男爵令嬢に過ぎないレナが、しかも平民上がりの養女など、王子と並んでいることすら許せないだろう。これで、もう結婚しているという事実が広まれば、いったいどんなことになるのか、想像するのも嫌になる。

レナは、できることなら代わってあげると、声を大にして言いたかった。

東屋からこちらを睨んでいる令嬢たちも、鞭さえ振るえるようになれば、いつでもこの座は摑めるはずだ。

これは彼女たちを蔑んだ罰なのだろうか。レナはまた嘆息して、上機嫌のままの王子に半《なか》ば引きずられるように建物へ入っていった。

王子はどんどん奥へと進んでいく。そのうちに公務を行う場所を抜けて紫宮へ到着してしまいそうだと思ったレナは、すれ違う執務官や侍女、侍従たち、そして貴族たちから注目を集めている現状を気にして声をかけた。

まだ宮殿内は不案内で、この通路がどこへ繋がっているのかレナには解らない。しかし彼らは知っているような顔で驚いている。

「王子様……」

「レナ？」

にこりと笑う王子が何を求めているのかを理解して、レナは溜め息を隠さず言い直す。

「ラヴィーク様、どちらへ向かっているのですか？」

「僕たちの部屋だよ」

「……ッ！」

昨夜そこで何が起こったか、記憶に新しいレナが警戒するのも無理はないはずだ。慌てて止まろうとしても、王子の力にレナが敵うはずがない。だが声だけは必死に王子を止める。

「ラヴィーク様、せっかく外へ出たのにどうして部屋へ……」

「新婚なのだから、ふたりで部屋に籠《こも》ってても誰にも何も言われないよ」

レナは頭を抱えたくなった。

本音を言えば、もう二度とふたりきりでいたくはない。ふたりでいれば、王子が何をしたいのかこの身体がすでに知ってしまっているからだ。

いったいどうして、いきなり結婚だったのか。

レナは今なら理由を聞けるかもしれないと思い、口を開いた。

「ラヴィーク様、どうして私だったのでしょう？　私は男爵令嬢といえど養女ですし、ラヴィーク様に相応しい女では……」

「僕が決めたんだからレナが僕の妻だよ。それを邪魔するものは、切り刻んであげるから大丈夫」

いったい何が大丈夫なのか。

その言葉で何の安心が得られるのだろう。

やっぱり眩暈がする、と思っているうちに、気づけば王子の部屋へ戻って来ていた。

部屋に戻って来たことで、侍女がどこからともなく現れ、レナにも深く一礼した。

その侍女がキラではないことが、自分の味方がひとりもいないようで不安になる。

「ラヴィーク様、お茶のご用意をいたしましょうか」

「いや、いい。ふたりになりたいんだ。少し放っておいてくれ」

「畏まりました」

放っておかないで、と心の内で叫んでみたものの、通じるはずもない。

レナは、王子の部屋にふたりきりで残されてしまった。

侍女も侍従も、側近であるクリヴすらいない。彼らが助けてくれるとは思わないが、それでも一緒にいれば抑止力にはなったかもしれない。レナはふたりきりになった部屋で、とても晴れやかな顔をしている王子に戦慄《せんりつ》を覚えて声も出なかった。

「さあレナ！　さっきの続きを！」

促されて、レナは理性を総動員させ、拳を強く握る。

「お待ちくださいラヴィーク様！　その前に、お話があります！」

「話？」

その内容がまったく想像もつかなかったのか、王子は少し首を傾げた。

綺麗な顔は、そんな仕草も似合う、などとレナはどうでもいいことを考えながら、必死で頭を働かせる。

どうにか会話をして、王子に自分の考えを理解してもらわねばならない。

でないと、このままではレナは被虐的な王子を調教するための人間へと変えられてしまうだろう。

自分はそんな人間じゃないと、誰よりレナが知っている。

「まず、この婚姻のことです。本当に、どうしてこんなにも突然だったのでしょうか。私は男爵家を継ぐためにバーディ家の養女となりました。結婚するなら男爵家のためだと覚悟を決めておりましたが、いったいどのようにしてラヴィーク様との結婚を当主に認めさせたのでしょう？　すでに結婚してしまいましたが、幸いにもまだ国民への周知はされていないようです。まだ間に合うはずです。私はそもそも、平民の女です。それに、ラヴィーク様のお気持ちに沿うようなことは、きっとこの先難しくなると思うのです」

なので、ご一考を、と早口にレナは言い切った。

とりあえず、レナがこの結婚についておかしいと思っていることをようやく伝えることができた。

レナは言い切ることができたのにほっとして、王子の反応を確かめる。

この言い分が出過ぎていると判断されて、こんな女は駄目だと言ってくれたらむしろすっきりする。

王子は、確かにちゃんとレナの言葉を聞いていたようだ。綺麗な目を瞬かせて、意味を理解しようとしているようにも見える。しかし、王子がにこりと笑った瞬間、レナは失敗した、と感じた。

「気にしないでいいよ。全部僕が望んだことだから。レナはただ僕と幸せになればいいんだよ。そうすればきっと楽しい生活が待っていると思うんだ……！」

終《しま》いには意気込んだレナと同じように拳を握り、鼻息も荒く言い切った。

「…………」

どうして理解してくれないのだろう。

もしかして頭の基本的な構造がまったく違うのかしら、とまるで人の意図をくみ取れない王子に冷ややかな目を向けた。

しかしそれは逆効果だったと気づいたときはすでに遅かった。

「ああレナ……！　その目！　すごく胸が高鳴るよ……！」

「高鳴らせないでください！」

いったいどうしてくれようか。立場も考えず罵ってそれこそ鞭で打ってしまいたい。

バーディ男爵家の商会には、時折困った人たちが訪れる。それは人の迷惑を考えない客だったり、品物を勝手に持って行こうとする盗人だったり様々だが、皆、人として歪《いびつ》な心を持った者たちだ。レナはその場面に遭遇すると、ブリダに教わったように、彼らに礼節というものや人の道というものを叩き込んでいた。

ユハからは、「これ以上ブリダに似ないでくれ……」といつも言われるのだが、解らない相手には精神に響かせるように強く言ってやらないと通じないのだ。

これまでそれで通じてきたし、間違っていたとは思っていない。

だから今もスカートの中の鞭に手が伸びかけたが、瞬時にある事実を思い出し留まった。

駄目！　逆効果だ！

王子はむしろ、それを狙っているのかもしれない。

レナが感情を昂らせれば昂らせるほど、王子の望むようになっている気がする。

本当に何をしたら効果があるのかが解らない。

一瞬迷ったそのときだった。

人払いをしたはずの扉から、軽いノックの音が響いて先ほどの侍女の声が届いた。

「ラヴィーク様、王妃様がいらっしゃいました」

王妃様？

レナはまた思考が止まってしまったかのように固まった。

目の前の王子だけでも手いっぱいなのに、もうこれ以上王族は要らない。なのにこの国の女性の頂点にいる人が現れると聞いて、緊張が高まる。

王子も相手が王妃だと拒否することができないのか、大人しく入室を待っている。

果たして、部屋に入ってきたのは本当に王妃イアンナ・ミラ・アルヴァーンその人だった。

勢いよく部屋に入って来た王妃は、王子を見やり、それからレナを見つめた。じっくりと眺めて、それからにこりと笑う。その笑みが王子とそっくりで、レナに戦慄が走る。

いったい何を言われるのかが解らず、不安に駆られた。

とりあえず、この部屋にふたりきりになったのは自分のせいではないと、はっきり言いたかった。

「母上、いったい何の用でしょう？　僕たちは今少し忙しいのですが……」

「ラヴィーク、貴方が結婚したのだから、お祝いに駆けつけるのが当然でしょう？　まったく陛下しか婚姻の場に呼ばないなんて、あとでお仕置きですからね。貴女がレナね？　初めまして、私がイアンナ・ミラ・アルヴァーンよ」

「……は、初めまして、バーディ男爵家の娘、レナでございます、王妃様」

王子の言葉を途中で無視してレナに自己紹介をしてくる王妃に、レナも慌てて礼を取る。

その顔はにこにことして嬉しそうで、レナに怒っているようには見えず、叱責を受けるわけではないと解って、少しほっとした。

と思った矢先、続けられた言葉に、倒れそうになる。

「まぁ、綺麗なお嬢様ね。さすがラヴィークの選んだ方だわ。息子をよろしくお願いするわね」

「…………」

また逃げ場がなくなった。

いったいどうして、誰もかれも王子の意思ばかり尊重して反対してくれないのか。

レナはむしろ、こんな平民出のにわか貴族など王子には似合わないと吐き捨ててほしかった。

けれど目の前の王妃はとても嬉しそうに何度も頷き確かめている。

「バーディ男爵家ね、ブリダはお元気？　まだ社交界には戻ってこないのかしら？」

その王妃から思わぬ名前が出てきてレナは目を瞬かせた。

「王妃様は……ブリダを、養母をご存じでしたか」

「ええ、大事なお友達だもの。彼女が最初に結婚した子爵様がお亡くなりになったあと、田舎のバーディ男爵家に嫁いだきり。田舎がいいだなんて言って本当に王都に来てくれなくなって、私も寂しく思っているの」

「そう……そうでしたか」

レナにはそう返すことしかできない。

バーディ男爵とは再婚だということは知っていたが、王妃に友達だと言ってもらえるほど社交界に出ていた話など一度も聞いたことがない。しかしバーディ男爵家は、ブリダが嫁いできてから栄え始めたということも知っている。この繁栄は、もしかして王家と何か関係があったのだろうか。でもブリダなら、そんな繋がりがなくてもどうにかしてしまえそうなのも事実だ。

王妃はレナを見て、本当に嬉しそうな顔をした。

「でも、貴女がラヴィークと結婚すれば、いずれ王都に出てくるでしょうね。本当、楽しみだわ。ラヴィークもブリダにはお世話になったのよ。その挨拶もしなくては……ああ、待ち遠しい。ラヴィーク、あまりレナを困らせないのよ。仲良くね」

王妃もまた言いたいことだけを言って、現れたときと同じように、突然部屋を出て行った。

いったいなんなのだろう。

レナはここ数日で、あまりに考えることが増え過ぎて、上手くまとめることができずにいた。誰もかれも、言いたいことばかり言い放って好きなようにしている。

レナがどう思うかなど、誰も考えていない。

レナがどうしたいかも、誰も聞いてくれない。

王子の部屋にふたりきりになって、自分はいったい何をすればいいのだろうとレナは考えるけれど、答えなど自分の中にあるはずがなく、そう思うと、気づけばぽたりと雫《しずく》が頬を伝って落ちていた。

「……レナ?」

王子はそれに気づき、目を瞬かせた。

あれほどどしたいことを好きなようにしている王子であっても、女性の涙には反応するのかとレナは不思議な気持ちになる。

「どうしたんだ? どこか痛いのか? 苦しいのか? あっ、さっき僕がいない間に、訓練場で誰かに傷つけられたのか!?」

近衛隊のすべてを滅ぼしそうな勢いの王子に、レナは小さく首を振った。

そうではない。

ずっと自分ひとりだけが慌てふためいて、周囲に、とくに王子に翻弄されていたことを改めて知らされて、自分が本当につまらなくてちっぽけな人間だと気づかされたからだ。

今まで必死に自分の足で立っていると思っていた地面が、砂のように脆《もろ》く感じてしまったのだ。

親に捨てられ、ユハと生き延びて、ブリダに拾われて、強くなるように育てられ、貴族の養女になった。これまでのレナの人生に、あまり選択肢というものはない。ずっと必要に迫られて、たったひとつの道を歩いてきた気がする。

そしてとどめとばかりに、気づけば王太子妃などというものになっている。

せめてこれが、自分で選んだ道だったなら、今の自分の気持ちは違っただろうかとレナはぼんやりと考えた。

その間真剣な目でレナを見ていた王子は何を思ったのか、いきなり腕を取って引き寄せ、ソファの上に座ったかと思うとレナをその膝の上に座らせた。

「…………」

王子の突然の行動に驚いて目を瞬かせると、王子はその顔を覗き込む。

そしてぺろりと頬に伝う涙を舐め取られた。

「ラヴィ……」

どうしたの、と問いかけようとした唇は、それ以上動かなかった。

王子の唇で塞がれてしまったからだ。

「ん……っ」

驚いて顔を引くと、王子の顔が離れる。

しかし間近でもう一度視線を合わせてくると、王子は再び顔を寄せて今度は深く奪ってきた。

「ん……っん、んっ」

王子の舌は、あっさりとレナの唇を割って中に侵入する。まるで口の中に生き物がいるような感触に驚いて、抵抗も何もできないまま、勝手に動く舌に口腔を貪られていた。

息苦しくて顔をずらそうとしても、王子の手にいつの間にか首を支えられ、頬を包まれ、ただひたすら口付けを受けるしかなくなる。

王子の舌がレナの舌を搦《から》め捕《と》り、指先が頬を何度も撫でさすり、レナの身体から力が抜けてしまうと、啄むような口付けに変化し、何度も音を立ててレナの唇に吸い付いてきた。

「ん……」

そうなると、レナもゆっくりと受け止められて、何度も繰り返される小さな啄みを、口を開いて待ってしまっていた。

「レナ……」

「ん、んっ」

吐息混じりの王子の呼びかけに、レナはまた答えられなかった。すぐに深い口付けに変わってしまったからだ。

強引に口の中を探られていたが、ふと冷静な部分がレナに身体の変化を教えていた。

頬を撫でていた王子の手が、そのまま下に下がって胸の上に添えられていた。ドレスの上の、丸い膨らみの上に確かに王子の手がある。その大きさを確かめようと包み込んでいるようだ。

「………………」

さすがに、この先はもう受け入れられないと、一気に現実に引き戻された。

口付けに応えるのを止め、レナはぱっちりと目を開けて王子を見つめる。

「どうしたんだ、レナ？」

「……ラヴィーク様、その手は」

「手？」

「どうして私の胸の上にあるのですか？」

「レナの胸がここにあるからだよ」

「………………」

何を言っているのだろうか、この人は。

レナは頭の奥で警鐘《けいしょう》が小さく鳴り始めたことに気づいた。

「どうして胸を……触っているんでしょうか」

「レナ……よく見てごらん」

「え？」

王子は真面目な顔で返してくる。

自分に何か問題があっただろうかと目を瞬かせたのだが、王子は問題の胸の上の手を示した。

「レナのこの胸は、形といい大きさといい、僕の手にぴったりなんだ。しかもとても柔らかい。これは僕が揉《も》まなければならない胸だと思う。つまり、この胸は僕のものだ」

「……………」

王子は至極真面目な顔で言い切った。

一瞬、自分が間違えているのだろうかと思うほど王子はさも当然のように言い放ったが、すぐにそうではないと思い直し、どこかに飛んでいた感情が一気にレナによみがえる。

自分の胸の上にある手をもう一度見て、口を大きく開き、息を吸い込む。

相変わらず王子の上に座ってしまっている状態だったが、レナは自分が動ける状態であることを思い出した。

「――私の胸は私のものです！」

勢いよくそう叫び、次いで王子の手を胸から引き剝がすと、そのまま綺麗な頰を打った。ぱぁんっと小気味良い音が部屋に響き、レナはすぐさま王子から離れて立ち上がる。素早く身を翻《ひるがえ》し、引きとめられる前に部屋を出て行った。

レナはまた、王子から逃げ出すことに成功したのだった。

＊　＊　＊

レナが泣いた。

何度見ても心をひどく擽るものだった。

レナはどんな顔をしていても可愛いと思っていたが、いや、蔑みを帯びた目つきはゾクゾクした悦びを与えてくれるものだが、泣き顔はラヴィークの独占欲をさらに刺激する。

心からレナに夢中のようだとラヴィークは自覚した。

その涙に滲む目で強く睨まれたとたん、ラヴィークの理性はいつも焼き切れる。

ラヴィークの心臓を貫き、理性というより感情を一気に吹き飛ばし、そのとき違う何かがラヴィークの中に生まれるのだ。

強く唇を奪い、口腔を弄る。

舌先だけでは足りず、すべてで味わってみたかった。

もっと深く、強く、と求めると、レナの眉根が寄り、苦しげな表情になる。まだ濡れた目尻に浮かんだ涙が頬を伝い、それがさらにラヴィークの感情を揺さぶった。

レナの身体は想像以上にラヴィークを夢中にさせ、初めての夜も抱き潰してしまった。ほとんど意識を失うように眠ってしまった姿を見て、ラヴィークはようやく自分が先走っていたことに気づいたほどだ。

目の前にレナがいるだけで、気持ちが昂り、落ち着かなくなる。腕に抱くと、そのまますべてを貪りつくしてしまいたくなるのだ。

無垢な身体に無体を強いたと気づいたのは結婚の翌日、朝日の昇った頃で、意識もなく寝台に四肢を投げ出した姿に、ラヴィークは頭を冷やすべきだと感じた。

一睡もしていないにもかかわらず、ラヴィークは興奮状態から抜け出せず、気持ちも身体も落ち着かせるために早朝から仕事に精を出したものの、体力がありあまっていた。もう一度レナのいる寝室に戻ってしまえば、意識のない身体でも襲いかかってしまいそうだと感じるほどに。

それを避けるために訓練場に向かい、ちょうどダニールがいたので相手をしてもらったのだった。

近衛隊の第二団中隊長であるダニール・ベロワは剣の腕もさることながら組手に長けていて、ラヴィークが真剣になってもたびたび躱《かわ》されるほど強かった。

そうして訓練に夢中になって体力を消耗《しょうもう》していくことに安堵していたものの、レナの姿を見ただけでその努力は無駄なものになるのだという自分に気づかされた。

レナを前にすると、自制というものが利かなくなる。むしろ抑えようとも思わない。すべてを使って、レナを自分のものにしたくなる。

なんだこれは。

ラヴィークは自分の嗜好が少し歪だという自覚はあった。

人に蔑まれ、強く打たれることが嬉しいということが、普通だとは思っていない。

しかし、自分はそれが好きで、すでに体内に染み付いてしまっているのだ。今更変えることはできないし、変えようとも思わない。それが政務の妨げになるわけでもない。

とはいえ、ラヴィークも、生まれたときからこんな嗜好だったわけではない。物心ついたときから側にいた指南役の女性に出会ったからだと思っている。

シビル子爵夫人という、当時まだ若い先生だった。女性であったけれど、先生はとても物知りで、ラヴィークが気になったことはすべてを教えてくれた。

国の政についても、軍の在り方についても、戦いの仕方についても。

まだ幼かったけれど、ラヴィークは王族としての生き方も彼女によって身体に叩き込まれたのだ。

ラヴィークが十歳になる頃、彼女の主人であるシビル子爵が亡くなったとかで、そのまま職を辞してその先は知らないが、先生の教えは今もラヴィークの中に生きている。

先生はとても熱心な方だったが、教え方がとても独特ではあった。初対面のときから、存在を全否定されるように見下され、何か粗相《そそう》をするたび蔑まれ、果ては鞭で動物のように駆り立てられ、物事のすべてを教え込まれたのだ。

最初は恐怖しかなかったが、ラヴィークがなにかひとつを覚えると心から褒めてくれた。しかしその後で、まだまだだとひどい言葉で貶される。

冷気すら漂わせる彼女の雰囲気に、ラヴィークはあっという間に傾倒し、その存在に夢中になったのだ。気づいたときには、自分はただ褒めてもらうことだけでは満足できなくなっていた。それはおかしいと他の者から教えられても、もう満足できなくなったのだから仕方がない。

シビル子爵夫人がいなくなってからというもの、代わりの何かを必死で探し、いろいろと試したものの、心から満足したことはなかった。

近衛隊に交ざり、身体を鍛えるついでにひどく打ち据えられても、痛みには満足しても何かが足りなかった。

そこで出会ったのがレナだ。

ラヴィークは彼女を待っていた。彼女こそが、運命の人だと本気で感じた。

自分を作り上げたあの先生と同じ雰囲気を持ち、少し目尻の下がった瞳や、すっと通った鼻筋、薄い唇にしみひとつないような白い肌、赤みの混ざった金色の髪は、レナの纏う雰囲気に似合っていて、神々しささえ感じた。

これほど美しい人は初めて見たとも思ったのだ。

そしてその唇から飛び出る、冷ややかな声。ラヴィークが狂喜してもおかしくはないはずだ。

これまでどんな人を見ても、自分の心が躍るような女性はいなかった。それもこれもレナを待っていたからだと思うと納得できる。

もっと虐めてほしい。もっと蔑んでほしい。

その鞭で、自分を心ゆくまで打ち据えてほしい。

ラヴィークの願いは絶えることなく溢れ続けるが、レナはラヴィークの期待だけを高めていつも途中で逃げてしまう。

それがさらにラヴィークの感情を昂らせるのだが、レナに自覚はないようだ。

隙あらば逃げようとしているのはよく解る。しかし、逃がしはしない。

そう決めていたのに、レナの涙を見て、ラヴィークはもっとおかしくなってしまった。

さらにその後の苦しそうな顔に、ラヴィークの心には新しい気持ちが生まれた。

不思議な気持ちだった。

しかし、それは確実にラヴィークの中にあって、レナが目の前にいる以上、なくなったりしないものだ。

その気持ちの名を探るためにもっと深く口付け、彼女の感情を引き出そうと緩急をつけてみると、レナの表情は豊かになった。

レナは自分を狂わせる。

ラヴィークは確かにそう感じた。

実際に、一晩中抱きとおしても欲というものが一切収まらなかったのだからよく解る。

新しい気持ちは、レナの涙をもっと見たいと言っていた。ラヴィークの中で、もっと強く、ひどく、レナを乱れさせて泣かせてみたいと叫んでいた。

レナの小さな抵抗は、ラヴィークを煽るものでしかなく、気丈な姿にも心が躍るが、苦しみに歪む顔も泣き顔も、ラヴィークの新しい気持ちの琴線《きんせん》に触れ、さらにおかしくなるようだ。

それに気づいたときには、レナはまた部屋から逃げ出してしまっていたが。

「……王子？　入りますよ」

レナが出て行ったあと、一度気持ちを落ち着かせようと考えをまとめていると、聞き慣れた声の主が勝手知ったる様子で部屋に入ってくる。

クリヴだった。

「どうなさったのですか……そのお顔は？　殴られたのですか？」

すぐに手当てを、と侍女を呼ぼうとするクリヴを、手を上げて止める。

自分の頬は、傍から見てすぐに解るほど赤くなっているのだろう。レナの平手は強かった。

その痛みにも悦びを感じたが、レナの涙を見たときほどではなくなっていることにも驚いた。

「いや、気にするな。なんでもないんだ……」

「王子、レナ様はどうなさいました？」

穏やかにやり過ごそうとしたが、付き合いの長いクリヴは、どうしてラヴィークの頬が赤いのか察したようだ。

どう説明したものか、と逡巡《しゅんじゅん》すると、クリヴはあっさりと答えを見つけた。

「また逃げられたのですね？」

ラヴィークが肯定する前に、深く溜め息をついている。

「いったい、今度は……なにをなさったのですか？　ここで逃げられるとは、状況はとてもお悪いようですが」

クリヴはまるで他人事のように軽口を言ってくるが、ラヴィークのことを誰より真剣に考えてくれているのもクリヴだと知っている。

「僕はな、クリヴ……」

言葉を待っている側近に、揺るぎ無い決意を示した。

「絶対にレナを手放さない」

彼女は僕のものだ。

もう、他の誰にも渡せない。

渡すつもりは端《はな》からないが、余計な横やりも入れさせない。

このまま、結婚を国中に広め、レナの地位を確立させてラヴィークの隣で一生鞭を振るってもらえるように、頼りになる側近たちに仕事を急がせることにした。

彼らにしても、ラヴィークの結婚を待ち構えていた父王にしても、それは喜ばしいことだろう。

レナを妻にするにあたって何か問題があっても、すべて撥ねのけてしまおうと、ラヴィークは心に決めた。

そして、自分の心を乱したあの涙をまた思い出し、もう一度泣いてくれないものかと、その泣かせ方を必死に考えていた。

その様子を、安堵と不安が入り混じった複雑な顔で側近が見ていたが、ラヴィークはまったく気づいていなかった。

＊　＊　＊

王子はどうやら、本当に男爵令嬢に落ちたようだ、とクリヴは感じた。

秘密裏にではあるが、婚姻を結んだのだから彼女はすでに男爵家の娘ではなく、王太子妃という存在である。

あまりに性急に事を運んだことは皆自覚していたが、のんびりしているとまとまるものもまとまらないと思っていたから、誰も止めなかった。そんな中、バーディ男爵夫人から即座に結婚の許しをもらえたことが一番驚いたことで、ありがたいことでもあった。

後継者を考えてレナを養女にしたのに、それを横から攫う形で王太子妃に収めてしまったのだから。

デリク王は国のことを考え、王子の気持ちを最優先にすると決めたものの、慌ただしい婚姻の場でレナに逃げ出されても仕方ないと思っていたようだ。

それを阻止するために、必要以上に近衛隊士を神殿に並べたわけだが、王子へ忠誠を誓う彼らからの祝福ももらえて、王子はきっと満足しただろう。

まさかそのまま初夜へ入ってしまうとはクリヴも考えていなかったが、本当に王子はレナだけを見ていた。

正直、彼の特殊《とくしゅ》な嗜好を解ってくれそうな女性だからという理由だけで彼女を選んだのかもしれないと危惧《きぐ》していたが、翌朝まで部屋に籠っていたところを見ると、杞憂《きゆう》だったようだ。

しかし突然の婚姻と初夜を迎えてしまったレナにとってみれば、この一連の動きは青天の霹靂《へきれき》だったことだろう。それでも優先すべきはやはり王子であり、申し訳ないことだが王太子妃となったレナには受け入れてもらうしかないのだ。

赤くなった頬を撫で、まさにうっとりとした目をして顔を緩めている王子を前にすると、本当ならどこか遠くへ逃げたほうがいいと助言したくもなるのだが、クリヴはそれを阻止する意志を固めた。

王子のため。

ひいては国のため、レナには覚悟を決めてもらわねばならなかった。

おそらく、妻となったレナに叩かれた状況を思い出して悦《えつ》に入《い》っているのだろう王子を残し、逃げ出してしまった彼女の気持ちをなだめなければ、とクリヴは王子の部屋を後にする。

王太子妃の部屋は、王子たちの共同の寝室を挟み反対側に用意されている。

レナが王子に捕まり一晩中出てこない間に、クリヴたちは男爵家に連絡を取り、レナが心地よく住める準備を進め、すぐに荷物を運び入れる段取りを整えた。さらにこの宮殿で、あまり知らない者たちに囲まれるのも気苦労が大きいはず、とバーディ男爵家から侍女を呼び寄せる手はずも整えた。

後付けになってしまうが、近日中にバーディ男爵夫人も宮殿へ呼び寄せ、王家との顔合わせも必要だ。することはいくらでもある、とクリヴが頭の中を整理しつつ、王太子妃の部屋の扉を軽く叩いて入室の許可を求めると、出て来たのは王太子付きの侍女だった。

彼女たちは今、王太子妃となったレナにも仕えてもらっているはずである。

その王太子妃は、と問いかけると、侍女たちはとても気まずそうに返答した。

「……それが、どうやら、レナ様は男爵家の侍女だけを連れ、出て行ってしまわれたようなのです。今気づいたのですが……」

「——は？」

それはあまりに見事な逃走だったようだ。

王子の部屋から逃げ出してきたレナは、怒りも冷めやらぬまま自分に与えられた部屋へ入ると、気心の知れた男爵家の侍女だけと話し、他の侍女たちがお茶の用意をしている間に、散歩にでも行くかのような気軽さで部屋を出て行ってしまったようだった。

ただの散歩でも、王太子妃となったレナだけで宮殿内を歩かせるのは不用心であり、護衛の者に追わせようとしたものの、廊下にはもう姿は見えなかった。

この場所は紫宮で、王家の人々のための居住区域である。

不用意に人が入り込めるところでもないが、人がいないわけではないのだ。王家に仕える侍女や侍従、それに近衛隊士たちが要所要所で警護に当たっている。

だと言うのに、どこにも王太子妃の姿はない。

いったいどうやって人の目を掻《か》い潜《くぐ》り、消えてしまったのか。あまりに見事な逃走で、クリヴは感嘆すら覚えた。さすが王子が望んだだけのことはある女性だ。

しかし、我に返って考えると、結婚したばかりの妻が、その夫のもとから逃げ出してしまったのだ。

クリヴは、この事実をこれからの新婚生活に期待を膨らませている王子に、どう伝えたものかと、深く息を吐き出したのだった。

四章

宮殿から男爵家のタウンハウスに帰ったレナは、ぼろぼろだった。

まさに、身も心もぼろぼろだったのだ。

昨日から――正確には、王子に会ってから、レナはいろんなことに振り回されっぱなしだった。

自分がどうしたいのか、何をしたいのか、そしてこれからどうなるのか、そのすべてが自分で考えるより前に進められて、まるでレナの気持ちだけわざと置き去りにしているようだ。

そして極めつけには結婚してしまい、あっという間に身体を重ねてしまった。初めてなのに、抵抗もなく受け入れた。

そんな自分が恥ずかしく、腹立たしい。

いったいどこまで流されてしまうのか。誰かレナをここに留めて地に縫いつけてくれないかと思うくらいだ。

うろたえたレナが王子の部屋を飛び出し、外で待っていたキラに会えたのは僥倖《ぎょうこう》だったのだろう。そのまま王太子妃の部屋に入り、ふたりきりにしてもらった。そこでキラはレナの様子がおかしいことに気づいて、一度宮殿を出てタウンハウスへ帰りたいという希望を叶えてくれた。

キラにしても、レナが混乱の中にあるのは解ってくれていたのだろう。王太子妃になったというのに、宮殿から逃げ出すことに何も言わずついて来てくれた。

レナもキラも、人目につかずこっそり歩く方法を知っていたことが良かった。宮殿の、王族の居室区である紫宮には人が多くいたものの、ある程度堂々としていれば誰かに見咎《みとが》められることもなかったし、レナたちが表門から出て行こうとすることを引きとめる者もいなかった。

そしてタウンハウスに帰り、出迎えた使用人たちには驚かれたものの、憔悴《しょうすい》したレナの様子を見たとたん、気遣ってくれることに感謝した。

いつもは気やすい侍女たちも、このときだけはレナの気持ちを思ってそっとしておいてくれた。さらには、レナが休めるようにあれこれと世話をして、落ち着くまで時間をくれた。

まるで本当にお姫様のようだと、レナは自分の境遇を笑ってしまう。

でもこの屋敷の人々だけが、レナをちゃんとレナとして扱ってくれる。レナの気持ちを考えて動いてくれる。それが今のレナにはどれだけありがたいことか、きっとみんなには伝わらないだろうと思いながら、お礼だけは口にして、レナはしばらく引き籠もって過ごすことにしたのだった。

それから一日、レナはその言葉どおり寝台の上で過ごし、ほとんど眠っているようなものだった。

眠り過ぎて頭がぼんやりとし、考えなければならないのに上手く頭が働かない。

「レナ、いつまで寝ているつもりなの？」

いつまでも寝台の上でぐずっていると、家令ではない声が聞こえてきた。

低く掠れたような声だが、落ち着いた女性のものだった。

それが誰の声なのか、レナが聞き間違えるはずがない。

「陽は高く昇っているというのにまだ起きられないなんて、貴女、本当にお姫様のようね？　いつから男爵家の娘はそんなにだらしのない娘になってしまったのかしら？」

「――ブリダ!?」

レナは被っていた布団を剝ぎ取り、勢いよく跳ね起きてその存在を確かめるため目を見開いた。

「まぁ、まるで子供のようねえ。いいえ、赤ちゃんのように丸まっていましたこと。いったい貴女はいくつになった娘だったかしら？」

少し低く掠れた声は、細められた目と緩く両端を上げた口元とあわせると、何故か妖艶なものが醸し出される。

見間違えようもない、レナの養母であるバーディ男爵本人だ。

一分《いちぶ》の隙もないほど、ブリダは今日も冷ややかな気品に溢れていた。そしてやはりいつものようにその気品には、何故か周囲を蔑む空気が含まれている。

「結婚したとたん、私の教えたことは綺麗に忘れてしまったのかしら？」

「そそそそうだよブリダ！　あの受諾証はどういうこと!?　どうして勝手に結婚を決めちゃったの!?」

ブリダの問いかけに、レナは動揺しながらも一番気になっていたことを思い出した。

孤児だったレナに帰る場所と家族をつくってくれたはずなのに、それらを勝手に移動されたようなものだ。

しかしブリダは、冷静さを失くした娘に対し、面白いものを見たというように笑った。

「ラヴィーク様ならいいと思ったからよ。貴女を大事にしてくれるでしょう」

「……えっ」

ブリダは微笑んだままの顔で見下すという器用な視線で、まだ寝台に座ったままのレナを見た。

「それにしても、うちの娘はいつまで寝台にいるつもりかしら？　もしかして、本当にただ食べて遊んで眠るだけのお姫様になってしまったの？」

数ヵ月会わない間に、と言われて、レナは慌てて寝台を出て、背筋を伸ばす。

「ちょっと、少し、休んでいただけです。何しろ、このところ慌ただしい日が続いていたものでこ」

「まぁそういう理由もあるわね」

レナが負けじとにこりと微笑むと、ブリダは口端を上げた。

言外《げんがい》に、ブリダのせいなのに、という感情をぶつけてみても、やはりブリダにはまるで効果はない。レナは溜め息を殺して、貴族の娘らしく着替えをするため、侍女を呼んだ。

「ドミトリといくつか仕事をしてくるわ。貴女も貴女のすることをなさい」

この部屋に現れたときと同じように、ブリダは自分の行動を誰にも邪魔されることなく、あっさりとレナに背を向けて扉の向こうへ消えた。

突然現れてさっさと消えたブリダはいつもと変わらず、レナがこのところ理性を失くしていることも気にしていない様子だった。そのことが、レナにとっては少し不満だった。叶うものならもう一度寝台に転がってしまいたいと、収まらない子供っぽい気持ちをぶつけるように、乱れた敷布を睨みつける。

だがブリダの言うように、いつまでも転がっていたところで何も解決はしないのだ。

ブリダはどこまでもブリダだった。

その声は、態度は、決して優しいものではないと知っているが、レナのことを考えてくれる一番の存在であることを、誰よりレナが知っている。何かが解決したわけでもないのに、その姿を見ただけでレナは安堵してしまっている自分に気づいていた。

気持ちが落ち着けば、冷静な頭が今の悩みを明確にしてくれる。

ブリダと入れ違いに入ってきたキラに身支度を手伝ってもらいながら、レナは我慢できずに訊いた。

「あの……昨日は、誰からも何も、連絡とかなかった？」

一日誰とも顔を合わさず寝ていたおかげで、部屋の外で何があったのかまったく解らなかった。

もしかしたら、誰かが訪ねてきていたかもしれないと、レナは少し緊張した面持ちで訊いたのだが、キラの答えはあっさりしたものだった。

「いいえ。誰も来なかったわ」

「……そう」

王都で貴族階級の人たちの中にまともな友人などいないのだから、訪ねてくる人もいないだろうとは解っていた。これまでもいなかったし、この先も期待はしていない。

ただ、一昨日の宮殿での出来事は、レナを混乱の極みに陥れるには充分だった。

その原因を作った人くらいはもしかしたら……と思ったのだが、期待していなかった割に、レナの心は深く落ち込んでしまっていた。

でも落ち込んだ自分がおかしくて、レナは振り切るように顔を振る。

気合いを入れるために自分で頬を叩くと、貴族令嬢らしい行動をするべく動き始めた。

生粋の貴族のご令嬢たちが、日ごろどんな生活をしているのか、正直なところレナには解らない。ただ、使用人たちから聞く話では、昼前まで眠っていることも普通だし、一日ぼうっとしていたり、刺繍や読書をして引き籠もっていたりすることも普通らしい。

最近では、王子に見初められるのを期待して、宮殿や庭園を散策する令嬢たちが増えているという。数日前までは、レナもそのひとりと言えただろう。他の令嬢と違って、王子からの求婚は待ってはいなかったが。

そもそもレナはそれらのすべてが自分にはそぐわないものだと解っていた。

物心ついたときにはもう、孤児院で兄に倣ってシスターの手伝いをしていたし、ブリダに拾われてからも真面目に働いていた。

目が覚めれば、着替えて動く。それが当然の日常だったのだ。

だからレナはこの日もドレスに着替えて遅めの朝食をとると、そのままバーディ男爵家の商会へ向かった。そこには、何かしらの仕事があるからだ。商会は大きな店舗を構えており、卸売業《おろしうりぎょう》のほか店先で小売りもしているため、表の入り口には客が多く集まっている。貴族相手には品物を持って出向くこともあるが、商人相手だと店舗の事務所でやりとりすることも多かった。

今日も多くの人で賑わう入り口を避け、いつものように裏口から入ると、レナはそのまま事務所へ向かう。そこに兄とも慕うユハがいるからだ。

「おはよう、ユハ？」

軽いノックと共に扉を開けて室内を確かめると、予想どおりそこにはユハがいて、机の前に座り書類を手にしていた。

積まれた書類を振り分けながら、ユハは顔を上げてレナを見ると、いつものように迎えてくれる。

「おはようレナ」

「何か仕事はある？　手伝えることはある？」

レナの仕事はタウンハウス内でのものが多かった。男爵家の領地でなら、侍女と同じ仕事を平気でするのだが、ここは王都の屋敷であり、ブリダという当主が不在の間は、レナが取り仕切っていることになる。いつ誰が来るともしれないので、レナは王都の屋敷では侍女と一緒になって仕事をするのは控えていた。

しかし現在そのタウンハウスにはブリダがいるため、レナのすることはない。だから商会の方へ来たのだった。

「うん、いくつか見てもらおうかな」

レナに対して甘いユハは、レナがお姫様のような生活をすることが本人よりも嬉しいようで、そのお姫様が仕事をするのはあまり好まない。しかし、レナが鬱屈したものを抱えて調子を悪くしているのはタウンハウスの使用人たちから聞いているのだろう。今日は何も言わず、仕事を与えてくれた。

レナより十歳年上のユハは、兄妹のように育ったと言ってもレナとはかけ離れた容貌をしている。

真っ黒な髪は短く、日に焼けた肌と精悍な顔つきはとても男らしい。身体つきもよくて、その大きな身体は相手に安心感を与える。信用第一の商売には、ユハは最適の人物だった。さらにいつもは穏やかな顔つきであるのに、怒らせると不気味なほどの迫力を持っていて、有事のときも頼りになった。この商会はユハのおかげもあって大きくなっていた。

レナは幼い頃から守ってもらっていたこともあり、ユハといるといつも安心した。

だから今日も、煩わしいことはすべて忘れてほっとしていたのだが、その大柄な背格好を見て、自然と王子のことを思い出してしまっていた。

王子の身体も、とても大きかった。

近衛隊士と組み合っても見劣りしない身体は力強く、その腕に一度抱かれてしまうと逃げることなどできなかった。初めて間近に見た男性の裸体は、想像よりも硬く、強く、そして安定感があり、抱きしめられると抵抗を忘れてしまっていた。

そのまま服を脱がされていくことにはさすがに抵抗したものの、王子にはそんな抵抗など意味がなかったようで、重ねられた彼の大きな手には、レナとの力の差を見せつけられるようだった。

自分の指の間を節のある指が滑るようにして重なったあのときのことを、レナはよく覚えている。まるで寝台に縫い留められるような気分だったが、もう逃げられないことを悟ったのと同時に、何故か安堵もした。

いったいどうしてそんな気持ちになったのか。

欲望を目にはっきりと宿した笑みは、被虐的な行為でなく、まるで嗜虐的な行為を好んでいるかのようにも思えたのに。

レナは、それを憎らしく思いつつも、嫌ではなかった。

だからすべてを受け入れた。脚を開いて大きな身体を挟んだことは、今思っても恥ずかしいが、身体はあのとき確かに迎え入れる準備をしていた。

好きな相手だから？

ふいに浮かんだ考えに、レナはさあっと顔を赤らめた。

いったいどうしてそんなことを思ったのか。王子は確かにレナの命の恩人であり、憧れの人であり、もしかしたら初恋の人だったのかもしれないが、国中の娘たちが彼に想いを寄せているような気持ちとは違うはずだ、と赤らめた顔を強く左右に振る。

「どうした、レナ？」

「な、なんでもないの」

レナは昔から頑丈な子供であったが、ユハは兄らしくいつも心配をしてくれる。

「顔が赤いぞ、熱でもあるのか？　そういえば、昨日は臥せっていたと聞いたが、大丈夫なのか？」

臥せっていたのではなく、不貞腐《ふてくさ》れて寝ていた、というのが正しいが、あえて否定はせず、レナは赤い顔を冷ますようにまた首を振った。

ユハであっても、さすがに今の不確定な気持ちは説明できるとは思えず、レナはとりあえず自分のことは横に避けて、落ち着くように深呼吸をした。

「大丈夫よ、それより仕事をちょうだい」

「それならいいけど……気分が悪くなったらすぐに言うように」

レナももう大人だというのに、未だ過保護な彼に苦笑しながら、レナはユハの前の書類の山からひとつを取って兄とは別の机についた。しかしそれを読む前に、ユハが顔を向けてくる。

「そういえば、ドミトリから聞いたが……結婚したんだって？　王太子と」

「ごほっ」

何も飲んでいないのに、レナは大きく咳き込んだ。

先ほどよりさらに顔を赤くして、ユハを見る。

「な、なん、なんで？　どうしてっ」

「お前のことならなんでも聞いておくさ。でも、いきなり王太子とは……さすがレナだな」

ユハの「さすが」という意味は、親ばかに近い「さすが」だ。

事情を知っていて放っておいてくれているのかと思っていたが、これまでは仕事のことで頭がいっぱいで今思い出したから口にしたということなのだろう。ユハのこういったズレには慣れているものの、今聞かれるとは思わず、レナは焦った。

「違うの、違うのよユハ、そのことは、いったいどうしてこんなことになったのか、私も解らないから、ブリダと一緒に考えようと思っていたの」

「なにを考えるんだ？　だって、王太子だろう？　あの王子だろ？　お前の初恋の」

「はつこい……」

「お前を助けてくれた人だからな。強くていい人なら、俺に不満はないぞ」

幼い頃から一緒に育ったユハだ。お互いのことはよく解っている。しかも、レナの命が危なくなったときその場にいたのだから、レナより覚えていることも多いだろう。

満足そうに頷くユハに、レナは何から伝えたらいいものか、と顔を顰めた。

王子との結婚は、不満だらけなのだ。

まともなときの王子は、本当に評判の良い素晴らしい王子なのだろう。

でも、まともでないことをユハにどう説明したら……とレナが唸っていると、外で大きな音が響いた。次いで、言い争う声も聞こえてくる。

レナとユハは顔を見合わせ、書類を置いて事務所を出てその音のもとへ急いだ。

騒ぎになっていた場所は店先で、ちょうど従業員がふたりの男を押さえつけたところだった。客に迷惑がかかったり、商会の方に何かが起こったりしたときのために、店舗には腕っ節の強い従業員をふたりは回すようにしている。今回も彼らが活躍したようだ。

店舗はたくさんの人が入って来られるように、大きく扉を開けている。外からもよく見渡せるため、今は内外の人々がざわついて騒動を見守っている状況だ。ユハはその中に入り、押さえつけられた男と従業員たちを見比べた。

「どうした？」

「彼らが、突然店のものを持ち出そうとしたので、取り押さえました」

取り押さえられた男たちは、力で敵わないのか、低く呻いているだけだ。その格好は少し埃っぽくて、裕福さは感じられない。

窃盗《せっとう》か、とレナは納得し、あまり前に出ないようにして、ユハがその場を収めるのを端のほうで見守っていた。

「とりあえず、裏へ連れて行ってくれ。ここでは他のお客様の迷惑になる」

「解りました」

ユハの指示を受け、従業員たちが荒い仕草で男たちを立ち上がらせて、引きずるように連れて行こうとする。その先に何があるのか彼らは知っているのか、急に抵抗を思い出したように大声を上げた。

「何もしてない！　何もやってないのにこの店は客にこんな暴力を振るうのか!?」

「ひどい店だ！」

もうひとりも賛同し、他の客へ聞こえるように騒ぎ立てる。

しかし従業員のひとりが、男の懐へ手を差し込み、中から小さな髪留めを取り出した。

「これは、お前のものじゃないはずだ。まだこちらは金を受け取っていないのだからな」

だよっ」

「それは――たまたま、たまたまだっ。見ているときに入り込んだのに気づかなかったん
誰が聞いても苦しい言い訳にしか聞こえないが、男たちは必死になっていた。

「そもそも、この店は俺たちを不当に扱ってるじゃないか！」

「そうだ！　入ったときから盗人のように見てきたし、今も何もしてない俺たちを痛めつけようとしている！」

「こんな店に入るんじゃなかった！　きっと品物も偽物が並んでいるに違いない！」

「それを高く売りつけているんだ！」

彼らの叫びは、よく響いた。

まるで、悪い噂をわざと広めているようだ。

もちろん、レナは彼らの言葉がまったく根拠のない中傷だと知っている。この商会で扱う品物はすべてブリダやユハの目を通していて確かなものだと確信しているし、宝石や装飾品も一級の職人の手による素晴らしいものだ。

それを見て解らないはずがないのに、まるで人を集めるために騒いでいるとしか思えないふたりに、レナは怒りが湧き上がるのを感じた。

この商会や店舗は、レナにとって大事なものだった。

ブリダが始めて、ユハが大きくしたものなのだ。大事な家族の大切な場所が、悪意ある畜生のごとき輩《やから》によって汚された気がして、レナは目を据わらせた。そのままずるずると

奥へ連れて行かれるふたりを追って、自分も裏に向かった。

ユハは騒がしくなった店先を落ち着かせてから来るだろう。レナは従業員や男爵家の者しか入れない裏へ連れ出されたふたりへ近づき、男たちの手を後ろ手に縛っている従業員たちに軽く頷いてみせる。

「レナ様……」

「私に任せてちょうだい」

「しかし」

「いいの」

見知った彼らの顔に不安が過《よぎ》ったようだが、レナは気にせず捕らえた男たちに視線を向けた。

相手が屈強な従業員たちではなく、貴族の令嬢だと見てとって、男たちの顔に安堵と嘲笑《ちょうしょう》が浮かぶ。

「なんだ、あんたが相手してくれるのか？」

「お貴族様は気楽でいいな。無実の俺たちを捕らえていたぶっていればいいんだからな」

「俺たちをいたぶるより、いたぶられるほうが楽しいんじゃないのか」

「それもそうだ。お堅いお貴族様が知らない楽しみを教えてやるぜ――」

男たちが好き勝手に話し始めたところで、レナはドレスの中から鞭を取り出して、地を叩いた。

ピシッと空気を裂くような音は、男たちの会話を止めるのに充分だったようだ。

レナはひきつった顔でこちらを見た彼らを見下ろしながら、口端を緩く上げて微笑む。

「どんな楽しみがあるのかしら、教えていただける？」

「それは……その」

「そうだ、まず、縄をほどいてもらわないと」

レナの笑みに何かを感じたのか、少し怯んだものの、男たちは顔を見合わせて背中に拘束された腕を示す。レナは目を細めて、もう一度鞭を撓らせた。

ビシ、と強い音を立てた場所は、男たちの膝に触れるか触れないか、というギリギリの場所だった。「ひっ」と身じろいだのが解ったが、レナは一歩近づいた。

「まぁ。貴方たちはご自分の立場が解っていらっしゃらないようね。確かに私はお気楽な貴族の娘かもしれないけれど……安心してちょうだい」

レナは鞭を両手に持ち、その強さを確かめるように強く引き、ピシッと空気を鳴らして微笑んだ。

「これからじっくりと、私がどんな人間なのか、貴方たちの身体に、教えて差し上げるわ。充分、満足するまでね」

そのままもう一歩近づくと、男たちはレナの笑みに不安を感じたのか、顔色を変えて後ずさろうとする。しかし後ろ手に縛られているせいで上手く動けないのか、もどかしそうに後ろとレナを見比べ、はっきりとうろたえていた。

「大丈夫よ。ここを出て行く頃には、とっても物分かりがよくなっているわ。これまでの人たちもそうだったもの。貴方たちも一緒よね。一緒に楽しみましょう？　さ、どちらから試してみる？」

レナはヒュッと空気を震わせて、男たちの右側へ鞭を跳ねさせた。

「ひあっ」

地を叩くその音は、皮膚の上に走るとどれほどの痛みを受けるのかを想像させる。男たちは鞭打たれた地面と、にこやかに鞭を振るうレナを見比べて、自分たちの状況が非常に悪くなっていることにようやく気づいたようだ。

「なにも……っ俺たちは、なにもしてない！」

「なにも盗ってないんだ！　あれは見せかけだけでっ」

「そう、やらせ、やらせなんだよっ本当に盗るつもりなんかなかったんだ！　ただそうしろって言われただけで……ッひぃっ」

レナはその言葉を遮るように、もう一歩近づいて彼らの目の前で鞭打った。

「少々おしゃべりするのが早いわ。もう少しゆっくり楽しませてちょうだい。さぁ、貴方はどこから気持ちよくなるのがお好きかしら……その大きな足？　それとも膨らんだお腹？　いい音が鳴りそうねぇ。あとは私の声がよく聞こえるように、お耳なんていかがかしら……」

「うあぁっいやだ！　言う！　言うからっ俺たちはただ本当に、頼まれただけなんだっ」

「そうだ、ただこの店の、客の入りを悪くしろって言われた……ッひあぁっ」

レナはを転がすような声で訊いているだけだが、男たちは慌てた様子で話し始める。

大きく鞭をかかげると、男たちはすでに打たれたかのように悲鳴を上げて、鞭の先から逃れようとするが、レナは本当に打つと決めていたわけではない。

いや、打ってしまいたかった。そうすればすっきりするはずだ。

ここ数日鬱屈を抱えているレナには、発散するなにかが必要だった。

思うまま鞭を振るい、レナの大事なものを傷つけようとした相手をいたぶれば、少しは気も晴れるに違いない。

彼らはただ、頼まれて、おそらく小遣い稼ぎのつもりで起こした騒ぎだったのだろう。本当に盗むつもりもなく、上手く言い訳をしたら解放されると軽く考えていたのかもしれない。ただ、相手が悪かっただけだ。

レナの大事なものを、大切にしている場所を汚されて、そうですか、と許してやるつもりはなかった。

彼らの中傷がわざとであったとするなら、それを指示した相手をちゃんと探しだし、しっかりと報復するつもりだ。きっとブリダならそうするだろう。自分の大切なものを傷つけられたとき、それがどんなに酷いことなのか、相手にちゃんと理解させることが大切なのだと、常々言われてきた。

黙って鞭を受けていればいいのだ。

そんな思いを込めて男たちを見下ろすと、自分たちに降りかかる不幸を察したのか、レナより大きな彼らは真っ青になった顔を見合わせて、お互いを盾にしようと身体をぶつけ合い始めた。

「お、俺じゃなくて、こいつにしてくれ！」

「な、何を!?　むしろこいつだ！　俺はこいつに誘われてやったんだ！　俺が悪いんじゃない！」

「俺、俺だって何も――」

「――ん？」

罪をなすりつけ合い、自分だけでも助かろうとする醜《みにく》い争いの途中、男たちも、そしてレナもあることに気づき、動きを止めた。

いつの間にか、人気《ひとけ》のないはずの商会の裏に、レナの目の前に、男たちの隣に並ぶようにして膝を揃える男が増えていたのだ。

鞭を振るおうとしていたレナも、逃げ出そうとしていた男たちも声を失くし、いったいなんだという問いかけだけを顔に浮かべていた。

ただし、男たちが「こいつは何者なのか」という疑問なのに対し、レナは「どうしてここに居るのか」という驚愕だった。

そこに居たのが、どう考えてもこんな場所にいるはずのない相手――アルヴァーンの王太子だったからだ。

「――そこで何をされているのですか」

レナは自分の声がいつもより低くなっていることに気づいた。

王子の顔はいつものように整っていた。レナが先日ぶって赤くなった頬も元に戻っている。しかしその表情は輝いていて、目がキラキラと期待に満ちていた。

それが何を示すのか、本能で察したレナはそのまま目を据わらせた。

王子は悦びを身体で表現するかのように、大きく頷いてレナを見上げた。

「順番を待っている」

「――順番？」

「君に鞭打たれる順番をだ。さぁレナ！　僕は待てる男だが、いつまでも待てない！　すぐに打ってくれ！　彼らを早く――いや、僕からでも構わない！」

全力で受け止める意思を示した王子は、この場で誰より輝いていた。期待に満ちた気持ちは、興奮となって体現されている。

それをすぐ隣で見てしまった男たちは、青くなった顔を白くさせた。彼らが何を考えているのかがレナには解る。レナも同じことを考えていたからだ。

この変態！

レナはとうとう我慢できず、その言葉をはっきりと頭に浮かべてしまったが、心の中で叫ぶに留めておいた。それだけの理性が働いたのは、背後にもうひとりの気配を感じたからだ。

勢いよく振り返り、予想したとおり、そこにユハの姿を認めたレナは眦《まなじり》を吊り上げて怒った。

「ユハ！　ラヴィーク様をここに入れたのは貴方ね⁉」

何を考えているのかと、レナは手にした鞭をまずユハに向けたかったが、ユハはユハで、目の前の光景をどう受け止めたらいいものか、本能が理解を拒否しているような、複雑な顔をして青褪《ざ》めている。

「あ……いや、だって……お前に会いたいと、彼が……王子が……」

「だからってこんなところに！　私が何をしていたのかくらい解るでしょ⁉」

ユハは知っていただろう。

そしてレナのことを深く知るユハだからこそ、ここへ連れて来たのかもしれないとも思った。

レナが今回の結婚について受け入れがたい顔をしていたのを確かめたユハは、レナがただの令嬢ではないという証拠をその目で確認させ、王子に諦めてもらおうと考えてくれたのかもしれなかった。

問題は、王子がすでにレナのこの振る舞いを知っていて、むしろその嗜虐的な部分を好んでいるというところだ。さらにただ好いているのではなく、おおいに受け入れ、むしろ推奨しもっともっとと強請っているのだ。

「ああ、解っているとも」

レナの問いに答えたのは、戸惑ったままのユハではなく、膝をついて鞭を待っていた王子だった。

真面目な顔で、王子は強く言葉を繋げた。

「この店で、盗人が出たと。そしてレナ、君が盗人を罰していると。確かに、彼らは悪いことをしたのだろう。それは咎められるべきだ。悪事に手を染め、それが正されない国は亡びるだけだ。だからこそ、僕は王子として、その結末を見届けようと思ったんだ」

盗人と呼ばれた男たちは、後ろ手に拘束されているのも忘れたかのようにぽかんと口を開けている。

きっと、このおかしな闖入者《ちんにゅう》が、この国の、アルヴァーンの王太子だとは夢にも思わないのだろう。

王子はとても真剣に力説しているが、レナにはその顔に悦びが隠しきれていないのがよく解った。解ってしまっていた。

だからこれから何を言われても冷静に対処できるように、先に身構えていた。

「しかし、僕は王太子であり、この国を、国民を守る立場にある。彼らが罪を犯したというのなら、その咎は彼らが受けるべきだが、彼らにはもしかしたら、やむにやまれぬ事情があったのかもしれない。そうなると、このような行為に走らせてしまった政治が悪いともいえる。そう、国の責任だ。つまり、僕の責任ともいえるのだ。だから、彼らの罰は僕が受けるべきだ！　さあレナ！　その鞭を僕に振るってくれ！」

「――――」

正論のようなことを吐きながら、結局一番言いたいのは最後の部分だけだ。

レナは、これまで溜まりに溜まった鬱屈がこいつのせいだったということを思い出し、感情が爆発するのを感じた。

その怒りに任せ、期待に満ちた王子に鞭を振り上げる。

「レナ！」

しかし鞭は、王子に落ちることはなかった。

レナの背後から、ユハがまさに力ずくで止めていたからだ。背中から腕を回し、鞭を持つ手をしっかりと握っている。そうなると、レナが敵うはずがない。

「離してユハ！　望みどおり！　望みどおり鞭打ってあげるの！」

「いやいやいや！　だって彼王子だろ!?　この国の王太子だよね!?　たぶん！」

最後の「たぶん」は、目の前の王子をおかしいと思っている気持ちの表れに違いないが、レナが鞭を打つことは許さなかった。

「私は我慢したもの！　もうこれ以上はいいような気がしてきた！　もうラヴィーク様が全部悪い気がしてきた！」

「落ち着け！　待とう！　ちょっと深呼吸して考えろ！」

レナは理性を完全に飛ばして、何を言っているのか自覚できなくなっていたが、ユハはそれを全力で止めていた。

目の前にいる王子が世間の評判とかけ離れている事実を知ったとしても、やはり王子であることに間違いがないのなら、レナの行為は止められて当然なのだが、レナ自身にはどうでもよいことのように思えていた。

しかし、それまで大人しく待っていた王子が、先ほどとはうってかわって低い声を出して興奮したふたりを止めた。

「――そうだ。待て。手を離せ」

「――え」

ついさっきまで、一番おかしな行動を取っていたはずの王子が、突然理性を取り戻したかのようにゆっくりと立ち上がり、その表情に鋭さを漂わせている。

いったいなにが、と兄妹で絡み合ったまま動きを止めて彼を見れば、王子はさらに目を据わらせ、空気に滲み出るほどの不機嫌さを見せていた。

「レナに触れるな。手を、離せと言っている」

「え……っと、でも」

王子が睨むようにして見ているのは、ユハだ。

突然睨まれたユハは、様変わりしたような王子に驚き、どうすればいいのか戸惑って腕に抱いたままのレナと視線を合わせる。

そのとき、混乱したままの現場に、また新たに人が加わった。

王子の側近であるクリヴだ。おそらく、王子と一緒に来たものの、王子がユハを急かし

て置き去りにしていったのだろう。

　この状況を説明し、解るように説明してほしいとレナはクリヴに視線を向けたが、彼もそれは同じだったようだ。ようやく追いついて来てみれば、盗人として捕らえられたふたりは地面に放置されているし、レナはユハに羽交い絞めにされている。そして王子は誰がみても不機嫌そのものだったのだから、それもそうだ。

　問いかけるような目を返されて、いったいどう説明したものかとその場に落ちた沈黙を、また破ったのは王子だった。

「誰に許しを得てレナに触れている。レナに触れていいのは僕だけだ。レナは僕のものなのだから」

　そこでようやく、王子が何に対して怒っているのかを理解した。自分の妻が、他の男の腕の中にあるのが許せないのだ。

　しかしレナにとってみれば、ユハは兄であり、王子に鞭打つのを止めてくれた人でもある。見当違いな怒りだと、そのまま王子に言い返す。

「私は私のものです！」

「違う！　レナは僕の妻になったのだから、僕のだ！」

　即座に勢いよく否定されて、正論を言ったはずのレナの方が言葉を失くしてしまった。

　けれど客観的に考えて、やっぱり自分が正しいと思い直すと、ユハにしがみついたまま、王子を睨み返す。

「ユハは大事な人です！　私を守ってくれる兄のような人なんです！　フヴィーク様にそんなことを言われる人ではありません！」

「兄だろうと誰だろうと駄目だ！　君は僕のなんだから、こっちへ来なさい！」

「嫌です！」

お互いかっとなっているのだろう。

しかし自覚はなく、言いたいように言い返す。レナは、自分の考えは間違っていない、王子の腕の中に行くなんて考えられない、とばかりに、さらにユハに縋った。

そのことにますます王子が不穏なものを醸し出し、レナを抱いていたユハのほうが先に動いた。

「レナ、落ち着きなさい。相手は王子様なんだよ、バーディ男爵家の娘として、礼節は守らなければ」

「でも……っ」

冷静になったユハに諭《さと》され、立場を思い出させられたが、レナはこれまで溜まっていた怒りをもう抑えることが難しくなっていて、しかしユハの言葉にも従わねばならないともどこかで解っていて、くしゃりと顔を歪ませた。

まるで子供のように、不機嫌さと悲しさを溜めこんだ、泣く一歩手前のような顔だ。

「でも、私じゃなくて、ラヴィーク様が……」

ユハにとってこの顔は見慣れたもので、幼い頃からよく見てきたレノのわがままの顔だった。

自分のせいじゃないのに、どうして怒るの、と感情も子供の様になってしまっている。これまで培《つちか》ってきたはずの分別ある貴族の気品や威厳などというものはまったくなくなってしまったレナだが、ユハにはそれも解っているのか、ゆっくり頷いた。

「そうだね、少しふたりとも落ち着いてみようか。ここでは落ち着かないから、客室へ王子様をご案内して、そこで……」

「あっ⁉」

兄に言い聞かされていたレナだったが、その途中で勢いよく横へ引っ張られ、どん、とぶつかった先は違う男の腕の中だった。

それは誰かと疑う余地はない。先ほどから荒ぶる感情のままに言い争っていた王子のものだ。

「離れろと言ったはずだ。それに、レナに触れていいのは僕だけだと言っている。レナを泣かせていいのも僕だけだ」

いったい何のことを言っているのだろう。

低く、怒りに満ちた王子の声を間近で耳にして、レナはその腕に捕まりながら抗うことも忘れていた。

そのまま王子に子供のように抱き上げられ、自分の足で逃げる術を奪われる。

まだ茫然としていると、王子の冷ややかな声だけがその場に響いた。

「クリヴ！　宮殿へ急ぎ帰る！　馬車の用意をしろ。あとあのふたりは咎人だ。この男が訴えるようなら引き受けろ」

優秀な王子という評判をそのまま示すように、矢継ぎ早に指示を出し店舗から出て行こうと足を外へ向けた。

この男、と示されたユハは突然のことに驚いていたものの、慣れているのだろうクリヴはすぐに動き始めていた。

その様子を、レナは王子に抱えられたままただ見送っていた。

＊　＊　＊

まったくなんということだ。

ラヴィークは自分が怒りに染まっているのが解った。

衝動的に動いたのはずいぶん久しぶりのことだ。最後にそうしたのは、隣国ガーシュラムの内乱に巻き込まれて、部下の小さなミスのせいで全員の命が危なくなったときだ。

あのときも怒りのままに行動したが、全員の命を守ることが大前提であり、どこかで理性が残っているのも確認していた。

しかし、今回そんな理性は一欠片もなかった。

途中まではよかった。

レナを追いかけて、バーディ男爵家の商会に足を踏み入れ、そしてそこではちょうどレナが鞭を振るっていた。

それに胸をときめかせ、ラヴィークは嬉しくなって順番を待った。

期待していたのにぶたれなかったのは残念だったが、そんなふうに余裕があったのもレナが他の男の腕に捕まるまでのことだ。

レナはその男、ユハ・コレルのことを兄だと言った。

事実、ユハという男はレナの兄のように一緒に育ったのかもしれない。しかしたとえ彼が本当に兄だったとしても、ラヴィーク以外の男であることには違いない。

その腕に収まり、じっとしているなんて、レナはどこかおかしいんじゃないだろうか。

レナの身体に他の誰かが触れると考えただけで不快感に襲われる。レナはラヴィークのものだ。夫がいながら、その目の前で他の男に抱かれるなど、あってはならない事態のはずだ。

なのにレナは悪びれもせず、どうして自分がこんな目に遭っているのかまったく理解できないという顔でラヴィークの隣にいる。

有無を言わさず、レナを連れ去り馬車に乗せたのはとっさの行動としてはなかなか良い判断だった。このまま宮殿へ連れて行けば、ラヴィークの邪魔をする者は誰もいない。

「王子様、聞いているのですか？」

レナはついさっき、我を忘れたようになっていたものの、今は少し落ち着いたようで、腰に回したまま離さないラヴィークの腕をどうにか外せないかと必死になっていたが、力では敵わないとようやく理解したのか今度は言葉でどうにかしようとしているようだった。

どうしてレナは、時間が経つとラヴィークの名前を忘れてしまうのか。

そんなに物覚えが悪いのだろうかとその顔を覗き込むと、白い頬を紅潮させた彼女の強い目にぶつかった。

なるほど、わざとか。

ラヴィークはそれを理解して、もう片方の手も使ってレナを抱き直す。

「ちょ……っ止めてください！　降ろしてください！」

ラヴィークの前に身体を移したとたん、肩に両手をついて必死で突っ張る姿は、まるで猫が抵抗しているようで、これはこれで可愛い。

実際に猫であれば、最後には尖らせた爪で手や顔を引っ掻いて逃げていくのだが、レナはそこまではしない。本当はそうしてほしい。傷をつけて逃げ出せたことに満足し、地面に下りたって、こちらを見上げながらあざけるという独特な目をして去っていく猫のように。

冷ややかな視線で、辛辣《しんらつ》な声で、ラヴィークを罵って傷つけてみてほしいのだ。

この柔らかな手の、小さい爪を尖らせるよう言ってみようか。そしてそれをラヴィークに立ててほしい。

ラヴィークは力の込められた手をあっさりと奪い取り、指先を舐めた。

「……ッ!?」

驚いたレナが慌てて手を引こうとしているが、ラヴィークはその手を自分の手の中に留めた。ラヴィークの手のひらにすっぽりと収まってしまう小さな手だ。鞭をしっかり扱えるというのに柔らかいと思うのはレナの手だからだろうか。

「……ッ王子様！　やめ、止めてください！　汚いですよ！」

ぎゅっと握りしめて逃げようとする指先を、舌で開いて口の中に含む。軽く歯を立てれば、レナはさらに慌てて表情を歪めた。

その顔は、あの顔と同じだ。

ラヴィークは初めて抱いたときのレナの顔を思い出した。

あの戸惑った顔。そしてそれが苦痛に変わる瞬間。苦しくて止めてほしいのに、抵抗というものを忘れてただ困惑して、ラヴィークに翻弄されるままになっていたレナ。

そのとき、ラヴィークはこの爪で自分の背中を傷つけてほしいと思ったのだ。

首に、背中に回されたレナの爪が、思い切りラヴィークを引き裂く。

それを想像しただけで、ラヴィークはこれまでにない快感が背中を走り抜けるのを感じた。

そのざわりとした感情は、抱きかかえているレナにも伝わったのか、怪訝そうな顔に不安なものを覗かせている。

「王子様……王子様？　あの、どこへ向かわれているのですか？　何を考えておられるのですか……」

レナからは先ほどまでの荒ぶった感情が消えて、怯えた様子で聞いてくる。

彼女の問いに対する答えは簡単だった。

「僕の部屋だ。あそこは奥まった場所だから、誰にも邪魔されることはないし、レナを他の男から離しておける。警備も厳重にした。レナを決して部屋から出さないように指示を出したので、安心できる」

「――――！」

レナは声も失くしたのか、顔色もさらに白くして空気を食むように息を繰り返している。

そんなに驚くことかとラヴィークも驚いたが、安心させるように笑った。

「レナは僕の妻だ。その安全は誰よりも守られなければならない」

「それが安全!?」

ラヴィークの腕の中にいる。これ以上の安全があるだろうか。

昨日は、あまりに混乱していたレナのために、側近たち総出で、そっとしておくようにと止められた。ラヴィークは、傍にレナがいないと気づいた瞬間に飛び出そうとしたのだが、父王にまでたしなめられて、少し冷静になったつもりだった。

確かに、レナにしてみればこの数日間のことは怒涛の出来事だったのだろう。

しかしレナはラヴィークと出会ってしまったのだ。これは運命と呼べるものであり、他の誰も邪魔できるものではない。そもそも、誰ひとりとして、ラヴィークを止める立場にはいないのだ。

慌ただしい婚姻だったのは解っていたので、身内との別れの時間も必要だろうと、昨日はラヴィークも引き下がったが、そのせいで他人の腕の中にいるレナを見ることになったのだから、やはり家に帰すのではなかった。

ふと、ラヴィークはレナの不機嫌な理由を考えた。

王太子との結婚ともなれば、国を挙げて盛り上げる行事になるはずだった。

それをあまりに簡素に、短時間で行ったものだから、レナはそれが不満だったのかもしれないとも思った。

レナも女性である以上、結婚式というものに夢があったのかもしれない。白いドレスを着て、大勢の人に見守られて、祭壇の前で待つラヴィークのもとにまっすぐに歩いてくるレナ。国中に見せつけるように、レナを自分のものだと宣言できる場所。

腕の中にいるレナを、はっきりとラヴィークのものだと知らしめる行為。

そうだ、やはり、結婚式は必要だった。

ラヴィークは改めて、式だけはやり直すことを考えながら、まずは既成事実を作らねばともう一度宮殿に戻り、レナを自室へ連れ込んだ。

堂々と宮殿の中を、レナを抱き上げて歩いたのだ。

隠し通路を通るわけでもなく、表門から入り、大勢の執政官や貴族たちが行き交う場所をまっすぐに通り抜けた。レナはラヴィークのものだという事実を先に広めてしまいたかった。

これで自分の娘やら遠縁の娘やらを押しつけようとする貴族たちを撥ねのけることができるし、ラヴィークの気持ちも理解してもらえるだろう。

一石二鳥とはこのことだなとラヴィークは満足していたが、レナは驚いたままの顔からなかなか戻ってきていなかった。

そのままソファに座り、膝の上に乗せたレナを見つめる。

驚いた顔も可愛いなと、ラヴィークは口端を上げてその唇に口付けると、現実に戻ってきたレナが慌てて顔を背けて、抵抗を始めた。

「待ってください！　私はここに住むなんて一言も――」

「この際、レナの承諾は省いた」

実際、王太子が選んだ相手なら、よほどのことがない限り相手の方から断ることなど無理だろう。立場を利用するのはどうかと小さな理性は何かを言っているが、本能がラヴィークを推し進めている。

ここで引けば、きっとレナは手に入らないと言っているのだ。

ラヴィークは本能に従い、レナに微笑む。

「僕を幸せにしてくれるのはレナだけだよ。レナを幸せにするのが、僕だけのようにね」

「しあわせ……」

その言葉を繰り返すレナだったが、ふいに何かを思いついたのか、ラヴィークの膝の上から降りようとまた手足をばたつかせ始めた。しかし、ラヴィークが放すつもりがない限り降りることはできない。

それに苛々としだしたレナは、気持ちを昂らせたまま、キッとラヴィークを睨み、小さな拳でどん、と肩を叩いた。

なかなかの衝撃だったが、レナの力が近衛隊士に勝るはずがない。子猫が叩くのと同じだ。

ラヴィークは今、自分の目が輝いているだろうと自覚していた。

「幸せになんて！　私から遠いところでなってください！　私を巻き込まないで！」

「レナ……もっと叩いていいんだよ？」

レナはその言葉に、もう一度振り上げた手の行き場に困っていた。下ろしたいのに、下ろせば相手を喜ばせてしまうことに葛藤しているようだった。その複雑な顔も、ラヴィークには楽しい。

「こんな……っもう！　変態！　変態王子！　私に触らないで！　この×××！」

「ああ、レナ……っ」

なんて言葉を紡ぎだせるのか。

愛らしい唇から、はっきりとした蔑みを聞くと胸が弾む。

「変態……！　そう、僕は変態なんだ！　レナに罵られたいんだ！」

「…………ッ！」

全力で同意すれば、レナは顔を真っ赤にして感情を爆発させようとしていた。しかしその吐き出す先が、受け入れ準備が万全であるせいで、戸惑っている。

気にせず吐き出せばいいのに。

ラヴィークが喜んで待っていると、レナは驚くことにその感情を一度呑み込み、深く息を吐くことで抑え込んだようだ。

残念に思っていると、レナはそれでも強い意志を持った目をラヴィークに向けた。

「そんなに、傷つけられたいのでしたら……どうぞ他の方に、お願いしてください。きっと、王子様がお願いすればお似合いの方が望むようにしてくださいます」

「レナ……」

レナの顔には、どこか諦めに似たものがあった。

しかしその提案を、そうですか、と受け入れられるはずがない。何しろ、すでにラヴィークの気持ちはレナにだけ向いているのだ。

他の女性が同じことをしてくれてもそれなりに楽しいかもしれないが、まったく物足りないだろう。それに、ラヴィークはすでにこの問題に解決方法があるのを知っていた。

「レナ、君じゃなきゃ嫌だ」

「勝手なことばかり……！」

ラヴィークの言葉を、レナは真っ向から撥ねのけて、もう一度腕の中から逃れようともがいた。その抵抗は強く、何度もラヴィークを叩いたり引っ張ったりしようとする。それを受け止め、子猫の抵抗のようなものをひとつひとつ奪っていくと、レナの顔が屈辱に歪んだ。ラヴィークに勝てないことを悟ったのだろう。

それでもレナは摑まれた腕を取り戻そうと、必死になっていた。

そのすべての動きが、ラヴィークには悦びなのだ。

ラヴィークを叩くのも、詰《なじ》るのも、まるで子供の癇癪《かんしゃく》のようだが、その顔が必死で、真剣に逃げ場がないことを悟り焦り、歪む。

他の女性などラヴィークには必要なかった。

冷徹な態度で嘲《あざけ》るように罵られるのも堪らないが、このレナの表情はそれに勝るほどラヴィークを昂らせるのだから。

「離して！　もう嫌！　貴方と結婚なんてしない――」

眉根が強く寄って、苦渋に満ちた顔が泣きそうに歪められる。

そのタイミングで、ラヴィークはその先の言葉を奪うように唇を塞いだ。もちろん自分の口でだ。

一度覚えたレナの味は、記憶にあるものと違わず、とろりとした蜜のような甘みが広がり、一度重ねれば止めることなどできなかった。

「ん……っふ、んっ」

角度を変え、何度も何度もレナの口腔を侵す。

呼吸さえも奪ってやりたい衝動のまま、強い口付けを繰り返すたびにレナの身体から力が抜けていくのを感じた。

抵抗を止めたのは、口付けに夢中になっていたからではない。

レナの目には涙が浮かび、何もできない自分に絶望を感じて何もかもを放棄しているのだ。しかしその目を覗き込むと、抵抗できない意味をどこかで理解して、自分にも腹を立てているようにも見える。

それが解って、ラヴィークはその泣き顔に堪らない気持ちになった。

「レナ、逃がすつもりは、ないよ」

ラヴィークはうっとりとした声で囁き、口付けを再開する。抵抗を思い出してもらうために、ラヴィークは寝台へ向かった。

＊　＊　＊

いったいどうしてこんなことになっているのだろう。

レナは今日一日を振り返ってみても、この状況に追い込まれることになったきっかけが解らなかった。

しかし現実はレナを待ってはくれず、レナは確かに、宮殿の奥にある紫宮の、王太子との寝室にいた。

それも押し込められているのは、部屋の中で主張している大きな天蓋付きの寝台だ。おかげで何をするところなのかがよく解る。

侍女のひとりもいなかった。本当に、ふたりきりの部屋だった。

この宮殿の人々は、あまりに王子に甘すぎる気がする。結婚を許した国王を筆頭に、レナを受け入れた王妃。レナを喜んで守ると言った、近衛隊の隊士たち。王子の幸せを願うという側近。そして彼らに従順な使用人たち。

レナはキラがここにいないことを本当に残念に感じた。

もう味方は誰もいない。そして、王子が何をしたいのか、これから何をするのか、すでにレナは知っていた。

期待をしていたわけではない。

しかし王子に求められるという事実がのしかかってくると、レナは自分の身体が上手く扱えなくなることに気づいた。

そしてこの宮殿へ入って来たときのことを思い出すと、背中が冷えるようにぞっとする。

衆人環視の中、レナは王子と一緒に――いや、王子に抱きかかえられて、この部屋までやってきた。

王子に抱かれて歩くなんて、私はいったい何様なんだろう。

きっと、最低な娘だと思われたに違いない。

これまでやられたら言い返しはしたものの、貴族の娘としての気品は失わず、男爵令嬢としての体裁だけは守ってきたのに、これですべてを失ったようなものだ。

すぐに宮殿中どころか、社交界にレナのことが広がるだろう。

王子が選んだとはいえ、やはりバーディ男爵家の娘は、平民上がりの養女らしく、礼儀もなく品もない。王子に対する無礼は、その場で打たれてもおかしくないほどだというのに、王子は本当に自分のことしか考えていないのか、どう見られても関係ないのか、やりたいようにするだけだ。

何を言っても下ろしてはもらえず、この部屋まで一直線だった。すれ違い様に会った執務官や侍従や侍女、さらに貴族たちから向けられる視線は好意的なものだけではなかった。

おそらく、王子に無理を言って抱かせて歩かせたと、レナの悪評が広がり、さらに他の令嬢たちから嫌われることだろう。

あ、すでに嫌われていたんだった。

レナは今更だったか、と薄く笑ったものの、だからどうなるものでもないと息を詰め眉根を寄せる。

どうすればいいのか解らない。

逃げ出したいが、逃げ出して解決することでもないのは、王子の態度を見ればもう解っている。

どうにかするには、王子の意思を変えなければ無理なのだ。

どうして私なの、とレナは理不尽な怒りが湧き上がってくる。他にもっと、お似合いな人がたくさんいるはずだ。

なのにどうしてこんな女がいいのか、王子は趣味が悪い。

平民上がりなのが面白いと思ったのか。それとも王族に口答えするような女が気に入ったのか。何より、自分を鞭打ってくれるような相手だから良かったのか。

なんにしろ、王子の女性の好みは最低だとレナは思う。

この湧き上がる、収まりどころのない怒りをどうにかしようと、レナは今日もちゃんと身に着けていた鞭に触れ、気が済むまで本当にぶってしまおうかとまで考えた。

しかし、すぐに首を力なく振った。

それでは駄目だ。喜ばせるだけだとすでに知っている。

もうレナにできることは、王子の望むことをしないようにするだけだ。それが精いっぱいの抵抗だった。

それに、商会のほうも気になった。

商会の評判を落とそうと企み、盗みを働き、悪口を言って騒いでいた彼らは、雇われ者だ。その雇用先を調べるのは、レナがいない以上、兄のユハになるに違いない。

レナはそれについても溜め息をつく。

王子を傷つけないようにとレナを止めたユハだが、レナと同じようにブリダに教育され、商会のすべてをブリダに任されているほどの男なのだ。商会の責任者は、ただ書類を見つめて、管理しているだけで務まる仕事ではない。彼らが白状する頃には、身体のどこかが機能を失っているかもしれない。

レナは鞭を持って脅しても、本当に傷跡が残るほど鞭打つことはない。

その気迫で充分押せると理解しているし、誰かを傷つけることなど望んだことはない。

しかし王子だけは、本当に鞭打ってしまいたい、と何度も衝動に駆られたことに、レナは自分の本性も兄と変わらないのかも、と感じていた。

それでも鞭打たないのは、それが王子にとって諌めるものではなく、ご褒美になってしまうと解っているからだ。

「どうしてこんなことをするんですか」

憤りをそのままに、感情を込めて呟くと、レナの表情の変化を楽しんで見ていたような王子はにこりと笑った。

まさに王太子らしい、綺麗な笑みだった。

「レナが欲しいからだよ」

「どうして……こんな平民あがりの、真っ当な貴族の娘でもない私は」

「貴族だとか平民だとかは関係ないな。だって僕はレナがいいんだから」

まるで子供の様に喜びを見せて笑う王子に、レナは一瞬何も言えなくなった。

「レナが好きだから」

最後にとどめとばかりに告白されて、レナは顔だけでなく全身が赤くなった気がした。

「レナが欲しいと思った。他の誰にも渡したくないし、触らせるのも嫌だ。僕を鞭打つのは君がいい。僕を幸せにしてくれるのはレナがいい。だから結婚したんだ」

なんて正直なのか。

しかし、正直に言えばいいというものではない。

内容はちょっとおかしいものも入っていたが、レナにその言葉は直球過ぎて頭の中まで熱くなった気がした。

強くて麗しい王子。アルヴァーンの英雄と言われる王子。国を導き誰よりも敬われる王子。

こんな人に好かれて嫌な女などいるはずがない。

レナは、その赤い顔を見て面白そうに笑う王子の顔が近づいてくるのを止めることができなかった。そのまま唇を奪われるのだろうと察しても、逃げることはもう叶わないだろうと思ったからだ。

舌を搦め捕られると、唾液がすぐに溢れてくるのを感じた。王子はわざと音を立てて楽しんでいるのかもしれない。

その音が、レナの羞恥心を煽っていると気づいているはずだ。

王子の手は慣れたようにレナのドレスを簡単に緩め、脱がせてしまった。隠せるものがなくなって、身を捩ってどうにか隠れようと思っても、王子の手はレナの身体を開くように寝台に押さえつけている。

「ん、んっんっ」

キスを受けながらのことだから、抗う声も止める声も出せず、呼吸さえ苦しくなっていたが、王子はそのままドレスを脱がすと、脚に装着してある鞭にゆっくりと触れた。

やはりどうしても、それがお気に入りらしい。

ドロワーズの上から脚を撫で、口を解放したかと思うと、そこへ顔を埋める。

「あっや、だめ、ですっ」

「駄目じゃないよ……」

まさにうっとりとした声で、王子はその鞭に頬を摺り寄せ、愛おしそうに革のベルトに口付けた。

しかしそこは、レナの脚の間だ。レナが大人しくしていられるはずがない。

「や、だめですっ起きて、起きてください王子様！」

「……レナ」

金色に輝く髪は、とても柔らかかった。レナが摑もうとしても、するりと抜けてしまうほどすべらかでもある。

レナの力では敵わないと知っているが、どうにかして脚の間から引いてもらおうとしたのに、王子は低く呟いてそのままレナの中心へ顔を埋めた。

「ひあぁぁっ」

ドロワーズの上からだが、王子はレナの脚を抱え込み、その中心へ嚙みつくように口で奪っている。大きく悲鳴を上げたものの、身体は驚いて硬直し、王子の顔を挟み込む脚にも力が入った。

「や、だ、そんなとこ、止めてくださいっ」

「レナは結構、物覚えが悪いよねぇ」

「なに、なにが……っあ、あっや――……」

熱い場所を甘く噛まれて、硬くなった舌先で布地を押し上げるようにレナの割れ目を探られる。じわりと下着が濡れたのをレナは確かに感じた。それが王子のせいなのか、レナのせいなのか、考えたくもない。

王子の吐く息が熱くて、それを避けたくて、知らず腰を揺らしてしまう。王子は脚に顔を挟まれているというのに、それが嬉しいと受け入れて、絶えずレナの秘部を刺激した。

「やっあっあっ、もう、王子様っ」

「違うでしょ、レナ」

いったい何が違うのか、王子の求めていることが解らず、レナはもう潤んだ目を堪える気さえ起きない。

一度顔を上げた王子に、やっと解放してもらえるのかと安堵したのは一瞬で、王子は鞭を留めるベルトを解くとドロワーズに手を掛け、あっさりとレナの脚から引き抜いてしまった。そして何も遮るもののない秘部に、再び顔を寄せた。

「や――っ駄目だめ王子様っあぁぁ……っ」

「レナ」

ちろちろと舌先が割れ目を擽る。その奥にある芯を見つけ、執拗に弄る。指がその間を確かめようと、ゆっくりと侵入した。

ぬるりと入って来た指がどの指なのか、レナには解らない。ただ、深い場所まで探られているということを身体に感じてしまうだけだ。

「やあぁっだめ、抜いて、抜いて――」

「抜いて、もう違うものを挿れたい？」

違うものが何なのか、レナにはすぐには思い浮かべられなかった。しかし楽しそうな王子の声に、レナの喜ぶものではないのだと察する。

「ひあぁっ」

考えている間に、指が深く浅くの抽挿を繰り返し、レナの蠢く内部を擽るように侵していく。レナの一部だというのに、そこはレナの思うままにはできない場所だ。王子のなすがままに、翻弄されることしかできない。

レナはもう王子の動きを止めることも考えられなくなり、泣き出してしまった自分の顔を隠すように腕を交差させて、ただ押しつけられる刺激に耐えていた。

「王子様ぁ、や、あ、あぁぁんっ」

ぐちゅりと音を立てられて、内部を指で掻き回され、硬くなった芯を強く吸い上げられて、レナはあっという間に達してしまった。

呼吸も上手くできなくなるほど、身体に膨れ上がった熱を持て余した。達してしまったことで思考さえ霞《かすみ》がかったようになり、レナは自分の身体のことも解らなくなる。

王子が濡れた指を甘いものを舐めるように舌を絡めているのも、ぼんやりした目で見つめているしかなかった。

今日の王子は、服の乱れもなかった。

対して、寝台に寝転ぶレナは何ひとつ身に着けていない。自分を守るための鞭すら、敷布の上に転がされたままで、レナは自分がいたぶられるだけの玩具《おもちゃ》になったような気がして、目を眇《すが》めた。

自分の意志で身体を動かせることを思い出し、四肢に力を入れる。そして王子を見上げた。その視線は睨むものになっていた。ゆっくり手を伸ばし、すぐ傍にある鞭に指を這わせて摑むと、王子の前にそれを見せて、境界線を作るように両手で引っ張った。

「――もう、だめです、王子様。これ以上すると、本当に鞭打ちますから」

鞭打つことなど考えたくもなかったが、これ以上身体に刺激を受けてどうにかなってしまうより、防御したほうがましに思えたのだ。

きっと王子も、それを望んでいるだろう。

何しろ、順番まで守ってレナの鞭を待っていたくらいだ。

ここで、鞭の方に気を取られてくれたらありがたい。

しかしレナを見下ろしていた王子は、一度目を瞬かせた後で、面白いものを見たように口端を上げた。

それは、被虐的なことを楽しみにしている顔ではなかった。しかしレナには見覚えがあった。

それは、一度レナを思うままに抱いたときの、欲望に溢れた顔だ。

あれ、こんなはずでは、とレナが一瞬躊躇ってももう遅かった。

王子は笑ってもいないのに目を細めて、鞭を摑んだレナの手をそのまま頭の上に押しつけるように倒した。

「ふふふ、レナ、それはわざとなの？」

「なっなに、がっ⁉」

微笑んでいるというのに、まったく笑っていない声を耳にして、レナは近づいてきた王子に恐怖を感じた。

全身から怒りのようなものを感じたのだ。

寝台にレナを押さえつけるように重なりながら、王子は低い声で嗤う。

「意地悪だね、レナ。僕を虐めようとしているの」

ならばそれに応えなくては、と喜ぶ王子に、レナは相手が何を求めているのか思い出した。

「ラヴィーク様！」

何度も名前を呼ぶことを求められていたことに気づいたが、名前がいったいなんになるのかと思ったのも事実だ。

しかし名前を呼んだだけで、この怒りが霧散してくれるのなら簡単なものだった。

けれど必死に逃げようと身体を捩ってみても王子が離れることはないし、大きく引き締まった肢体がレナのすべての抵抗を封じるようにさらにのしかかる。そして名前を呼んで気持ちを落ち着かせてもらおうとしたレナの声を、その唇で奪った。

「んんっ」

片手でレナの両手をひとまとめにして頭上に押し留め、もう片方はレナの丸い胸をいいように弄ぶ。何度も舌で口腔を蹂躙され、レナはまた頭がぼうっとなる。

抵抗したいのに、はっきりとした意志が弱くなってしまうのは、このキスのせいだ。

深い口付けでレナを翻弄しながら、王子は身体のすべてを使ってレナの身体を弄ぶ。器用なのかどうなのか解らないが、レナより慣れていることは確かだ。

呼吸もままならず、乱れる息をキスの合間に繰り返しながら、レナはぼんやりとした思考でそんなことに気づきながら、不快と不安を同時に感じ、閉じた目尻に涙が滲む。

それに気づいた王子が、唇を弄ぶのを止めて溢れた涙を舐めた。目を開いていたら、眼球まで舐め取られそうだと思うほどの執拗《しつよう》さでレナの涙を舐めつくす。

「レナ」

名前を呼ぶ王子の声は、ひどく嬉しそうだった。

そのまま汗の浮いたレナの胸元に顔を埋め、涙と同じものがそこにあるように肌の上を舐めつくす。

「ん、あっなん、なんで、そんなところを、なめ……っん」

「……レナの身体は、どこも美味しいんだよ。舐めた後でキスをすると、すごく甘いんだ」

「……は？　っん！」

それを実践するように、王子はすぐにレナの口を塞ぐ。口を食むように何度も口付ける王子は、楽しそうな笑い声を漏らしながらぐったりとするレナの四肢を好きに動かした。

「んんっや、んっ」

「レナ……レナ」

レナを呼び続ける王子の声は、とても甘かった。

レナが甘いという王子だが、王子の声のほうがレナには甘い。その甘さが、レナをおかしくするようだ。

鞭を掴む手が緩み、押し返す力もなくなると、王子はレナの脚を開き、いつの間にか寛げたトラウザーズの前を開いて、すでに準備が整い、力に満たされたような性器を取り出していた。

レナがそれに気づいたのは、濡れた秘部にそれを擦りつけられてからだ。

「あっん！　んっやぁ、ラヴィーク、様ぁ……」

もう一度、侵される。

そう気づいただけで、レナはまたじわりと自分が濡れたのを感じた。

それはまるで期待しているようで、レナは自分の気持ちと身体が別々にあるように思えてきて、戸惑い揺れる目で王子を見上げる。

その視線を受けて、王子はレナの身体を簡単に抱き上げ、自分の膝を跨《また》がせるように座らせた。視界が上になると、自分の身体も見下ろせるようになる。一緒に、王子のそそり立ったものも目に映った。

「……っや、あっだめ……っ」

レナが焦ったのは、力の入らないレナの身体を、王子が簡単に操ってしまえることだ。脚を広げ、柔らかなお尻を大きな手が掴む。胸と同じにそこも形を変えられながら、そのまま王子は自分の性器の上にレナの割れ目を擦りつけ、濡れたものを滴らせながらゆっくりと挿入させた。

「あっあ、や——……っ」

自分の中に埋められるものを、侵されていく様を、しっかりと見てしまったレナは、力なく首を振りながら、大きな身体にしがみついた。

顔を王子の肩へ埋めて、上質な服にしがみつく。布地に皺がいく心配などもはやできず、残る力のすべてで縋った。

「んあぁあんっ」

重力には逆らえず、王子のすべてがレナに埋まる。

苦しい。肺を下から圧迫されるように感じるほど、王子は大きかった。

すでにレナの髪も乱れ、王子の大きな手は編み込まれていた髪を梳き、小さな顔を上に向けさせて何度も口付ける。

その間に、下から突き上げるように腰を動かすのだから、レナは逃げるに逃げられず、離れないように王子にしがみつくしかなかった。

「んっんぁっあっ」

「レナ……僕のレナだ」

その声が、ゆっくりと頭の中に響いて、レナは濡れた目でぼんやりと王子の顔を確かめる。

王子の綺麗な顔には、レナと同じように汗が浮かび、それでも嬉しそうに目を細めていた。腰だけでレナを揺さぶりながら、両手はレナの肌の上を何度も滑る。もう王子の触れていない場所は、レナの身体には残っていないだろう。

レナは王子の碧い目をしっかりと見つめながら、いつの間にか渇いた喉をならし、口を開いた。

「……ラヴィーク様の、私？」

「そうだよ、レナ……君は、僕のものだ。ずっと、ずーっと、ね」

「ずっと……」

服を着ている王子の膝の上に座るレナは、何も隠すものがない。その状態で繋がっていることは、その言葉を事実として表しているような気がした。

レナは、王子のもの。

まるでレナの意志など関係ないようなことなのに、じわりと胸に浮かび上がった気持ちにレナは身体が熱くなる。

理性のどこかが、そんな感情はおかしいと囁いた。しかし王子がひとつ腰を揺らすだけで、それが霧散する。びくりと揺れた身体は、全身で王子のすべてを感じてしまってレナの理性を剝いでしまう。

王子にはそれが嬉しいのか、極上の笑顔でレナを見つめた。

「好きだよ、レナ……一生、愛してあげる」

「――――」

それは嬉しくもあり、とても残酷な言葉に聞こえた。

しかし身体はレナの気持ちを置き去りにして、王子の身体に反応し、さらに身を深く沈め、乱れることを喜んでいた。

こんなはずではなかったのに、どうしてこんなことになったのだろう。

レナはどこかでそう思いながら、激しく求めてくる王子に、考えることを諦め、振り落とされないように縋るしかなかった。

五章

いったい何度レナを抱いたのか。

抱き潰す、という言葉は本当にそのとおりだなと自分でも思うほど、ラヴィークはレナの身体に溺れていた。

一度では足りない。

ラヴィークの動きに揺れるレナの身体は、絶えずラヴィークを誘っているようなものだ。飽きるという言葉が見つからないほど、レナのすべてを貪りたかった。

途中、ラヴィークが服を着ていることを、レナが何度も気にしているのが視線で解ったが、その目に嬉しくなって、わざと服は脱がなかった。整えられた服が、レナの抵抗と組る力によって乱れていくのが堪らなく楽しい。

何をしても反応しなくなるほど深いところにレナが落ちたとき、ようやくラヴィークはレナに触れることを止めた。

閉じた目は、眠っているというより気を失っているようだった。

脚の間がひどく汚れ、ラヴィークの吐き出したものとレナから溢れたものの混じりあったものが敷布を濡らしていることに満足する。力なくレナが寝台に四肢を投げ出していることで、ようやく激情に似たものが収まった。

「レナは、僕の」

もう一度囁いて、ラヴィークは適当に服を整えると、レナに掛布を絡めて隠し、自室に繋がる扉を開いた。

「王子」

そこで待っていたのは、クリヴだ。

珍しく、彼の少し焦った表情を見て首を傾げる。クリヴは幼い頃からラヴィークに付き合ってきて、少々のことでは動じないよくできた側近だ。王太子の周囲をまとめる者でもあり、ラヴィークも信頼している。ラヴィークに従う護衛たちも近衛の中から選び抜かれた隊士であり、ラヴィークのことをよく知り抜いており、クリヴと同じに信頼していた。

そのクリヴの躊躇うような声に先を促すと、視線はラヴィークの背後を気にしていた。

「レナは寝ている」

「……では、侍女にお世話を」

クリヴは部屋に控えていた侍女に合図をした。寝台で寝ているレナがどんな状態なのか察しているのだろう。その状態にしたのはラヴィークだ。どんな格好なのか知っているからこそ、ラヴィークは素直にそこを通すことはできない。

「駄目だ。あとで僕がする」

「……王子、この者はレナ様の、バーディ男爵家から来たレナ様が信用する侍女です。王子は王子でしていただくことがございますから、ここは任せてください」

ラヴィークが見た侍女は、確かにラヴィーク付きのものではなく、初めて見る顔だった。年はレナと近く、しかし侍女としての所作はしっかりとしている。

だがレナにすることは、すべて自分がしたかった。

そう思うから、汚れたレナを清めることもこれから自分で、と思っていたのだ。

ただ、何やらひっ迫したものを感じるクリヴから、ラヴィークは自分の立場から逃れられないことも思い出し、しぶしぶ頷く。

「眠っているから、起こさないように」

ラヴィークの言葉に深く頭を下げた侍女に、ラヴィークは扉の向こうへ行くことを許し、自分を待っていたクリヴに、「それで」と促した。

「何があった？」

「ガーシュラムの国王、及び、王女がいらしております」

「……なに？」

珍しく聞き返したのは、予想だにしないことだったからだ。

ラヴィークが驚いたことに満足したのか、クリヴは逆に自分の冷静さを思い出したようで、間違いではないと頷く。

「……どういう状況だ？」

レナに夢中になっている間に外では目まぐるしく情勢が動いていたようだ。

その間を埋めようと、ラヴィークは頭を仕事へと切り替える。

クリヴはそれに安心したように頷き、口を開いた。

「まず、バーディ男爵家の店を襲った者たちに指示をした者を捕らえました」

クリヴに続き、あの場を引き受けた近衛隊士が報告してくる。

「主犯はローゼン伯爵家の娘でした。その他に、取り巻きの方々が幾人か。以前レナ様にやり込められた仕返しと、王子がレナ様へ興味を持たれたことに対する嫌がらせだと思われます。しかしながら、ローゼン伯爵は娘が勝手にしたことで、他愛ない悪戯に過ぎないと言い、捕らえた令嬢たちを引き取ろうとされております」

「実行犯たちに吐かせたのは隊士ではなく、バーディ男爵家に仕えるユハ・コレルです。孤児院の時代からレナ様が兄とも慕う方と伺っておりますが、調べたところ商会の経営に関しましても、なかなか見どころのある方と思われます」

クリヴに言われ、ラヴィークを鞭打とうとしたレナを止めた男を思い出して目を眇めたものの、クリヴが褒めるのならそれなりの男だったのだろう。

「ローゼン伯爵と、彼に連なる者たちには娘の監督不行き届きとして相応の罰を申しつける。バーディ男爵家の事業は、その規模からすでに一貴族のものではない。他国を相手にする貿易は国の顔ともいえる。それを潰そうとしたことを理解させろ」

「はい」

近衛隊士たちは頷きながらも、ラヴィークの言いたいことはすでに理解していただろう。ラヴィークが指示する前にすでに手を打っているはずだ。ローゼン伯爵家は遅ればせながら、自分たちが何に手を出したのか気づくに違いない。

そうなっても、もう遅い。

バーディ男爵家の娘であるレナをラヴィークが宮殿へ連れ帰ったのは、すでに周知の事実となっているはずだ。すでに結婚していることは知らなくても、ラヴィークのレナへの執着も理解しているだろう。その男爵家に手を出し、王太子からの叱責ともいえる罰を受けるのだ。ローゼン伯爵たちの社交界での評判はあっという間に地に落ち、他愛ない悪戯などで済まされなかったことを充分に理解したときには、もう何も残ってはいない。

ラヴィークの大事なものに手を出したのだ。それくらいは当然だった。

ラヴィークは次を促した。こっちの方が、ラヴィークには理解できない状況だ。

「クリヴ？」

「はい。先ほど、先触れが来たのとほぼ同時に、ガーシュラム国アードルフ王とリシャーナ王女が到着いたしました。護衛が二十名、侍女が五名の小規模でのご入国ですが、確かにガーシュラム王家であると門兵が確認し、ひとまず宮殿の客室へお通ししたところです。すぐに歓待の用意を始め、陛下が出迎えの挨拶をすませました」

「何の用だ？」

ラヴィークは、疑問をそのまま口に出した。

考えても、本当に解らなかったからだ。

ガーシュラムとの接点は、ここ十数年間は戦争ばかりだった。それ以前は穏やかな関係だったのだが、ガーシュラムが軍部に国を乗っ取られたことで変わってしまった。

きっかけは、十八年ほど前にあった王女誘拐事件だと聞いている。

王女が生まれた頃、ガーシュラムはとても浮かれていた。もともと身体の弱かった王妃は、その出産に耐えられず、王女を産み落とすと力尽きて亡くなった。国は悲しみに満ちてもいたが、王女の存在がそれを補っていたという。とても愛らしい王女は、生まれながらにして国中から愛されていたらしい。しかし、二年ほどして、状況は一変した。

その愛らしい王女が何者かに攫われ、とうとう帰ってくることがなかったのだ。ガーシュラムの国王は落胆し、人前に出ることがなくなった。人前に出なくなると、政務にはっきりと影響が出る。

その間に、軍部を掌握していた将軍が政権を乗っ取り、文字どおり国を奪った。国王は存命だったが、王宮を出ることは叶わず、国は荒れた。

ガーシュラムを奪った将軍は、自国を支配しただけでは飽き足らず、隣国であるアルヴァーンにも手を伸ばしてきた。それが戦争の始まりだった。それ以来、争いばかり起きていた。ラヴィークの初陣も、そのガーシュラムとの戦いだ。

もちろん、常に相手を蹴散らすように勝利を奪ってきた。負け続けたガーシュラムは疲弊し、このままだとアルヴァーンがガーシュラムを奪い、属国にしてしまう勢いだったのだが、その状況がまた変わったのが去年のことだ。

ガーシュラムに、王女がいたと発覚したのだ。

誘拐された王女が戻ってきたのかと思われたが、そうではなかった。実際には王女は双子だったのだ。さらなる脅威から残された王女を守るため、王の側近にしか知らされていなかったのだという。国王らは、王宮でひっそりと暮らしながら、必死で王女を守っていたらしい。

しかし将軍がその事実を掴んだ。

狙われるのは時間の問題だと危惧したガーシュラムの国王が、決死の覚悟で密使に手紙を託し、アルヴァーンに届けた。

内容は簡潔なものだ。王女を守るため、国を守るため、将軍らを打ち取ってほしいという嘆願書だった。その暁には、ガーシュラムはアルヴァーンの属国になってもよいし、その守り通してきた王女を嫁がせてもいいと書いてあった。

アルヴァーン国は、というより、アルヴァーンを守るため先頭に立って戦っていたラヴィークの返事も簡潔だった。

了承した。という短いものになったが、それで充分だっただろう。

勝ちをおさめていたとはいえ、長い戦いで国民も疲弊していたのも確かで、ラヴィークは戦争を終わらせることにしたのだ。相手の将軍を打ち取り、ガーシュラムに平穏をもたらせ、国交を再開させて、国に安泰をもたらす。

それが王太子としての願いでもあり、小競り合いに飽いたラヴィークの思いでもあった。今後も国として成り立つのなら、ガーシュラムからいくらかの賠償金はもらっても、その他のものは必要ないと領土などは要求しなかった。

それが平穏に繋がると思っていたからだ。

アルヴァーンは豊かで栄えているし、これ以上国土を広げる必要もない。

そして、王宮でひっそりと守られていただけの王女にも、まったく興味がなかったのである。

だから恭順の証とばかりに娶らされそうになっても、ラヴィークはそれだけは必要がないときっぱりと撥ねのけた。

その、王女だった。

ガーシュラムのために、どこか有力な貴族の婿でも取ればいいと思っていたのに、何を思ってアルヴァーンに来たのか、ラヴィークにはさっぱり思いつかなかった。

それはクリヴも同じだったのか、似たように首を曖昧に傾げた。その曖昧さは、ラヴィークの知らない理由に思い当たっているようでもあり、ラヴィークは、話せと視線で問いつめる。

「おそらく……王子がお目当てなのだと」

「は？」

「恐れながら、王子は素晴らしいお方です。政《まつりごと》に明るく、その手腕はすでに陛下もお認めになるところ。武芸にも秀でておられ、戦に出ては全戦全勝。国を思い、民を思う優しさは国の端にある小さな村の住人ですら知っています。なおかつ、女性からの秋波《しゅうは》が途絶えることのない人気。その王子に嫁がれることは、ガーシュラムにとっても有益です。これほどご結婚相手として最良の方は他にいらっしゃらないかと」

クリヴの長い口上をラヴィークは途中で聞き流した。

どうでもいいことだったからだ。

国のために、民のために働くことは王太子として当然のことであるし、民の平穏のために戦うこともやはり当然だった。

さらに言えば、唯一の女性はすでに手に入れている。レナ以外の誰かを欲しいと思わないラヴィークには、他の女性からの視線など煩わしいものでしかない。

知らず顔を顰めたラヴィークに、クリヴは自分で言った言葉を噛みしめながら、複雑な表情でもう一度口を開いた。

「……本当に、素晴らしい方でいらっしゃいます、王太子は……」

「……そうだな、王太子は、な」

同じように頷く近衛隊士たちに、まるで違うラヴィークが存在しているようで、その本人は眉根を寄せる。

「何が言いたい」

「いいえ、本当に改めて考えますと、王太子は素晴らしい、と実感しただけでございます」

ラヴィークのすべてを知っているだけに、側近たちは素直に頷けないものがあるのだろう。

それくらい、ラヴィークにも解っている。

だからこそ、王太子という外面を見て寄ってくる相手には興味がないのだ。

今、ラヴィークが夢中になっているのは、レナだけだった。

ラヴィークの嗜好を知って、大人しく従うのも、抗ってラヴィークを喜ばすのも嫌だと、葛藤して揺れるレナだけが、ラヴィークの気持ちを惹きつけているのだ。

王女を連れてきているということは、クリヴの言うとおり、ラヴィークの相手に、と考えているからなのだろう。そもそも、その王女を含め、ガーシュラムを救ったのはラヴィーク本人なのだ。王女が欲しければ、戦利品のひとつとしてすでに望んでいる。

ラヴィークの気持ちを知っているクリヴは、一区切りをつけるように頷き、話を進めることにしたようだ。

「とりあえず、王子はお着替えを。あちらも到着したばかりでお疲れだとは思いますが、あとに引き延ばしても仕方がありません。さっさと終わらせるためにも、本日、晩餐の席をご用意することにいたしました」

「……仕方がないな、宴会の後ですぐに話して、さっさとお引き取り願え」

「はい」

「あ、その席に、レナを連れて行こう。起きているかな」

「王子……」

ラヴィークに会いたいと願っている王女との面会の場に、他の女性を伴っていく。

それがどういう意味を持つのか、ラヴィークも解っている。レナの存在がラヴィークの気持ちを雄弁に語ってくれるだろう。本当に面倒なことはさっさと終わらせたいというラヴィークの意思が通じたのか、クリヴは躊躇ったものの、すぐに頷いてレナの準備をするべく侍女への指示を出した。

扉の向こうの寝室では、まだ目を覚ましていないレナを清めてくれているはずだ。本当なら自分がしたかったのに、とラヴィークはまた思いながらも、状況の変化に対応しなければならない。レナが気づけば、また驚き、怒りを目に浮かべることだろう。はっきりとラヴィークを罵るかもしれない。それも楽しみだと考えながら、ラヴィークは自分のためにも、これを譲るつもりはなかった。

国内に向けても、国外に向けても、自分の相手はレナだけなのだと、隠すことなく広めるつもりだった。

方針を固めたところで、新たに侍従が部屋に入ってくる。ラヴィークに仕えるものなら、私室に入ることにも慣れているはずなのに、どこか緊張を含んだ顔をしていた。

「王子様、陛下がお呼びです。ガーシュラム王との会見に同席されますよう、ご指示がありました」

「……同席？　今か？」

「はい」

ラヴィークが首を傾げる隣で、クリヴも眉根を寄せている。

歓待の挨拶を終えた後は、客人には一度休んでもらうべく、部屋へ案内する必要があるはずだ。王子は晩餐に出席する予定なのだから、急ぐ必要などないはずだった。

いったい何があった、と考えたのはその場の全員の気持ちだったが、工に呼ばれている以上向かわなければならない。

ラヴィークはレナの用意を急がせることにした。

自分の妻を見せつけることは、諦めるわけにはいかないのだ。

＊　＊　＊

どうして私が。

それが目を覚ましたレナの最初の言葉だった。

レナが気づいたとき、寝室にはひとりではなかった。寝台を見下ろしていたのは、王子ではなく慣れ親しんだキラだった。

しかしその視線が可哀想《かわいそう》な子を見るような労りを持ったものだったから、レナは自分の状況を把握し、顔を真っ赤に染めてうろたえた。

「目が覚めて良かった」

などと少し視線を逸らしながら安堵するキラに、もう放っておいてほしかったが、この後始末をひとりでできるとは思えない。

羞恥に顔を染め、王子への怒りを感じながらもレナはキラに手伝ってもらい身を清めることを始めた。

裸を侍女に見られることは初めてではないが、汚れた身体を見せることは初めてだ。

王子に愛されて幸せですね、という視線をキラが向けてこないことには少しほっとしたのだが、しかし自分でなくて良かったという安堵がその目にあることは、付き合いの長さから気づいていた。

この侍女にどうやって悪態をついてやろうか、と考えているうちに、他の侍女も入ってきて、レナの準備を手伝うという。

いったい何事か、と驚いていると、隣国ガーシュラムからの訪問があった、ということだけ教えられた。

詳しくは彼女たちも知らないと言うが、用意された上品なドレスを見る限り、レナがどこへ向かわされようとしているのかは解る。

それがレナには不満なのだ。

レナの背中を見ながら、肌を見せるドレスは無理ですね、と侍女が口にしたことに、さらに羞恥と怒りがかさむ。

いったい背中はどうなっているのか、考えるのも嫌だ。

ここにはいない王子を恨むしかないレナだったが、新しいドレスに着替えさせられた頃には、すっかり貴族の令嬢らしくなっていた。

身に着けたものはすべて王子の用意したもので、男爵令嬢が身に着けていたものとは格が違う。

レナはすっかり、王太子妃らしくなってしまっていた。

それだけでも困惑したのに、綺麗に整えられた後で、寝室を出たレナを出迎えたクリヴに、これからガーシュラム国王との挨拶に出席していただきます、と言われたときには、やはりと思いながらも舌打ちしそうになったのは仕方がないことだろう。

盛大に顔を顰めたものの、子供に教えるように伝えてきたクリヴも、にこにこと嬉しそうな王子も、レナが一緒にいることをまったく嫌がっていない。

そういうことは王族の仕事だと言い返したのだが、すでに王太子妃となったレナも王族の一員だと言い切られる。

好きで王太子妃になったわけではない。

言い返したかったのに、時間だと押し切られ、客人の待つ部屋に向かう間王子に必要以上にくっつかれて辟易《へきえき》したところで、その部屋へ辿り着いたようだった。

中ではすでに、アルヴァーンの国王であるデリク王が客人を歓待しているようだ。ガーシュラムが求めているのは王子のほうなのだろう。その場所に、レナを伴っていく。その状況を考えて、レナは溜め息を押し殺すことができなかった。

扉の前で護衛のために立っていた近衛隊士と、扉を開けるために待っていた侍従が、王子を、正確にはレナを見て動揺していたのに気づき、少し首を傾げたものの、レナは王子とその中へ踏み込むことになった。

そしてそこで、彼らが驚いていた理由を知った。

室内には何人かいたようだが、レナの視線はただひとりを見つけてそのまま釘づけになった。おそらく、隣に並んだ王子も同じようになっているだろう。

まるで鏡を見ているようだった。

赤みがかった金色の髪を綺麗に結い上げ、白い肌に薄茶の目をした女性は、驚くほどレナにそっくりだったからだ。

驚いている顔も同じだった。

正確には、この部屋の中の人間はすべて驚いていた。

ガーシュラムの国王の相手をしている、デリク王も困惑した顔でレナと瓜二つな相手を見比べているし、ガーシュラムの国王は、驚愕の顔に歓喜ものせてレナを見ている気がする。

その娘で王女という立場だろうレナにそっくりな女性は、いち早く目を潤ませてレナを見つめていた。

驚愕に固まったような状況を動かしたのは、他の誰でもない王子だ。

レナの隣で驚いていた王子は、レナの腰を抱き寄せ、レナを見て、もう一度王女を見た。

「レナ、彼女は知り合い？」

知っているはずがない。

レナは孤児院に捨てられていた子供で、両親も縁者も誰もいない。唯一の兄ともいえる人が、そのときから一緒に育っているユハなのだ。そして家族というなら、アルヴァーンに来てから拾ってくれたブリダと、その使用人たちしかいない。

しかしレナが答えるより早く、驚いた顔を苦しそうに歪めたガーシュラムの国王が動いた。思わず、というように立ち上がる。苦しんでいる顔は嬉しそうに歪められたものだったようで、目が潤んでいた。

「レナ……と、言うのか？　レシャーナの、レナ？」

「まぁ……本当に、お姉様？」

隣にいる王女も、同じように感極まった顔で父王を支え、ふたりで手を合わせて感動しているようだ。

答えを求められ、レナはとても嫌な予感がする、と思ったが相手は隣国の王族であり、アルヴァーンの貴族のひとりとしては挨拶しないわけにもいかない。

レナは腰を抱き寄せたままの王子から無理やり離れ、身体に叩き込まれた貴族令嬢としての挨拶をした。

「初めてお目にかかります。バーディ男爵家の娘、レナでございます」

レナには初対面の相手だったからそのとおり口に出したのだが、相手はそれが残念だというようにくしゃりと顔を歪め、今度は悲しみの涙に目を潤ませている。

「初めましてだなんて……！」

「レナ、君は私の娘だ！」

「…………」

なんかそう言われる気がしてました。

レナは相手が感情的になればなるほど、却って自分が冷静になっていくことに気づいた。自分とそっくりな女性が、もう堪えきれなくなったのかぽろぽろと涙を零す。レナはそれを見て、王女様は泣き顔も綺麗だなどとどうでもいいことすら考えてしまう。

それが逃避のひとつだと、どこかで気づいてはいた。

「お姉様……！　レシャーナお姉様なのでしょう？　私、妹のリシャーナです」

誰か助けてほしいとレナは周囲を見渡し、室内で冷静な人間を探そうと視線を巡らせた。

感極まって今にも飛びついてきそうなガーシュラム国王は駄目だ。そのもてなし側として座っていたデリク王も驚き過ぎて口から空気しか出ていない。いつも頼りになるはずの王子の側近であるクリヴたちも、戸惑い過ぎてどう動いたらいいのか解っていないようだった。

そこでまたいち早く動いたのは、王子だった。

レナは、何をしても、彼だけはまったく変わらないことを改めて実感することになる。

一度離れたレナの身体を抱き寄せ、わざわざ自分の方へ向かせて、綺麗な顔でにこりと笑った。

「レナ、挨拶が間違っている。君はもうバーディ家の人間ではなく、王族のひとりなんだよ。僕の妻なんだから」

「な……っなんですと⁉」

驚きに怒りも込めて反応したのは、ガーシュラムの国王だった。

「デリク王！　どうなっているのですか⁉　説明をお願いします！」

「いえ……説明と言いますか、正直私も驚いていまして」

さらに混乱することになった状況に、レナは王子に解決を求めることが間違いだったと、部屋の中でひとり、溜め息をついた。

いったいこれから、どうなるのだろうと、レナはもう一度逃げ出したくなったのだった。

六章

結果として、レナは逃げられなかった。

ひとしきり、それぞれ言いたいことを言い合い、感情を見せたところで、全員が冷静さを思い出し、騒いでも意味がないと気づいたのか、状況を確かめたのは最初に顔を合わせてから少し時間が経ってからだった。

経緯をまとめるようにアルヴァーンのデリク王が確認をする。

レナの生まれはガーシュラムであること。およそ二歳の頃に、アルヴァーンとの国境沿いにある小さな町の孤児院に捨てられたこと。

内乱と戦争を繰り返していた時代だ。レナのいた町も巻き込まれ、孤児院にはいられなくなり、逃げるように国境を越えた。そうした難民がアルヴァーンに入ることは、その当時は珍しくなかった。

レナは兄と慕うユハと生きるために住むところと仕事を探した。しばらくして、バーディ男爵夫人に見いだされ、養女となり、現在に至る。

途中がとても端折られた気がしないでもないが、レナの生い立ちはそんなものだ。とくにバーディ男爵夫人であるブリダとの出会いは、それまでの人生を変えるものであったのだが、この説明だけだとブリダがとても人格者のように感じられ身じろいでしまう。

ブリダがどういう理由でレナを養女にしたのか、それは今も解らない。

他の使用人たちに知らされていない理由のようだが、彼らは自分でなくて良かったという顔をしていて、レナはやっかいごとを押しつけられた気がしてならなかった。

そんな恨めしいことも思い出しながら、レナはガーシュラムの主張も聞いた。

レナはレシャーナ・ミラ・ガーシュという名で、同じ顔をした妹リシャーナ・クレ・ガーシュの姉であり、ガーシュラムの第一王女だと言う。

生まれたとき、双子の妹のリシャーナがとても弱々しく、もしかしたらこのまま成長できないかもしれないと言われていたため、双子であることは秘匿されることになった。母親であるエルナ王妃が産褥熱《さんじょくねつ》で亡くなったこともあり、すべてを慎重に進めることにしたのだ。

知っているのは父親であるアードルフ王と、それに従う数人の侍女、双子を取り上げた産婆と医師。それに乳母だけだ。国王は自分たちの信頼している侍女だけに双子を任せていたし、このままリシャーナが大きくなったときに、双子であることを公表するつもりだったようだ。

しかし、二歳を迎える前に、双子のひとりがいつの間にか姿を消した。

同時に、ふたりを見ていた乳母も消えた。

これは誘拐だと解っていたが、アードルフ王は騒ぎ立てることができなかった。

ガーシュラムがすぐに内乱に突入することになったからである。

国を奪おうとしていたのは軍部の人間であり、平和を好む王はその勢いを削ぐのに精いっぱいだった。そして、狙ったようにレナを攫われた。誰が犯人なのか、レナを攫ってどうするのか、混乱に陥ったものの、残ったリシャーナを守ることを優先するとアードルフ王は決めた。もちろん攫われたもうひとりの娘のことは心配でならなかったが、騒ぎ立てることで残された娘も危険にさらされるのを恐れたためだ。

王女が誘拐された、とだけ公開し、残ったリシャーナを自国の人間から守るために、王宮の奥でひっそりと育てていたのだ。

それからの出来事は、レナも知っている話だ。

ラヴィーク王子の英雄譚にも繋がる話だったからだ。

アードルフ王は誘拐された姉姫を心配しつつも、一向に見つかる気配もなく、半ば諦めていた。そもそも、ガーシュラムをほとんど制圧していた将軍たちに見つからないように探すのが難しいことだったのだ。

そして残されたひとりを大事に大事に育てていたのに、その存在を将軍に知られたときは、一国の王といえど、父親でもあるアードルフ王は戦慄するしかなかっただろう。何しろ、自分の力だけでは守りきれないだろうと解っていたからだ。

頼みの綱で縋った隣国の王子は、予想以上に素晴らしい人物だった。

武力には圧倒的な武力を。アードルフ王が願ったとおり、国を取り戻してもらえたのだ。

彼なら確かに英雄と呼ばれるに相応しい人物であったし、掌中の珠の王女を嫁がせても安心だとも思っていた。

だが結局、彼はガーシュラムを属国にはせず、王女も娶らず、王子は英雄という名を広めて戦争を終わらせてしまったのだ。

大国と呼ばれるほどのアルヴァーンは、新たにガーシュラムを属国とするより、友好国としてもう一度立ち直ることを望んだ。本音を言えば、いつまでも縋り続けるなという思いもあったのかもしれない。

そこで国が落ち着くまでは、お互いの国をいろんな人間が行き来することになる。

文官や執務官、加えて国を支える貴族たちも大勢いた。

その頃には、ガーシュラムの中で秘密裏に育っていた王女が、初めて王宮の奥から出てきて国民に存在を知らせていた。その顔を知る誰かが、アルヴァーンに来て、王子が連れている女性を見て、驚いたのが最初だと言う。

ガーシュラムではそのことに慌て、密かに調べ、どうやら本当に同じ顔だ、ということが解ると、こうして待つこともできずガーシュラム国王自らが突然訪問した形になった。

貴族や王族は、最初に文や人を交わし、お互いに状況を確かめてから動くのが定石《じょうせき》だと教えられたレナにとってみれば、ずいぶん行動力のある王族と映った。悪く言えば、後先を考えないとも言える。

とても優しそうなアードルフ王ではあるが、その地位にいる者としては危ういのだろう。事実、一度国をとられかけている。その人物がレナの親なのだと言われても、レナには素直にその腕に飛び込むことはできない。

そもそも、幼い頃に誘拐され生き別れた家族がいると言われても、今のレナにはすでに大事に思う家族がいる。彼らがいたからこそ、レナがここにいるのだ。バーディ男爵家で生きると決めたレナが、今更ガーシュラム国の王女であると言われてもすぐさま王女になれるはずがない。

自分の人生は充分波乱に満ちているからレナはもう新しい何かを必要としていなかった。いや、すでにさらなる変化があったあとだった。

レナはもう男爵家の娘ではなく、王族となってしまっていた。

思い返せば、その事実がガーシュラムに存在を知られる原因だったのだ。

王子が見せびらかすようにレナを宮殿で引っ張り回さなければ、今もただの男爵令嬢として過ごせていたかもしれない。

知らず、王子に向かう視線が厳しいものになってもいたしかたないだろう。

そしてこの混沌とした話し合いに、いつの間に呼ばれていたのか、ユハが現れたことにレナは驚きながらも安堵した。

当時の状況を確かめるために、デリク王が呼び出したらしい。レナの幼少期を知る大事な証人だとはレナにも解っていたが、血は繋がらずとも兄が傍にいることはレナには大きな拠り所となっていた。

二国の王族がひしめく部屋に案内されたユハはさすがに緊張していたものの、レナと同じ顔をしたガーシュラムの王女を見て、躊躇わず口を開いた。

「お前、いつの間に分裂したんだ？」

「できるわけないでしょ、馬鹿ね」

いつものユハだった。

思わずレナもいつものように返してしまいつつ、苦笑する。

状況を察したであろうに、兄はレナをいつものように扱ったのだ。それが何より嬉しい。

「ユハ・コレル、発言を許す。レナと出会ったときのことを詳しく説明してほしい」

国王に問われただけでなく、王族たちの見つめる中で緊張したようだが、ユハはブリダに鍛えられたひとりでもある。バーディ男爵家の商いを預かる者として、貴族への対応も心得ているユハは優雅に腰を折り怯まず発言する。

「恐れながら、陛下。私もまだ子供で、あまり記憶には残っておりません。ただ、レナを連れて来た女性は若かったこと、この少女の名はレナであると告げたこと、そしていくらかのお金を残して去って行ったことだけを記憶しております。何となく、その女性は誰かに頼まれているようで、レナの親ではないと解ったくらいでしたが、そのような状況の子供は孤児院にはいくらでも居ましたし、特別驚くことでもありませんでした」

孤児院のシスターは、とても優しい人だったのをレナも覚えている。

孤児院の子供たちは似たり寄ったりの境遇で、皆、仲が良かった。

ユハの言葉を聞くと、また王族たちは話し合いを始めた。

内容はレナについて、だ。

孤児院で暮らす孤児になり、内乱で逃げて生き延びアルヴァーンに来て、ブリダに拾われ使用人になり、何故か養女となって、王子に求められ王太子妃になった。

これほど目まぐるしく立場の変わった人間のことを、本人のそばで他の人間が真剣に話し合う。おかしなものだとレナは溜め息が出るのを止められなかった。

その話し合いの場から少し離れ、さりげなくユハの隣に立ったのは、この部屋の中で味方が彼ひとりだと知っているからだ。

ガーシュラムのリシャーナ王女はとても美しかった。

生まれながらにして王女だという彼女の姿は、ただ座っているだけでも気品に溢れ、美しい。まさに王女の鑑《かがみ》ともいえる存在がそこにあった。

対してレナは、ブリダにとことん教え込まれたものの、孤児院あがりの平民の、にわか令嬢だ。育ちというものはそのまま表れるものだと何故か感心してしまうほど、レナは王女と自分の違いに気づいていた。

同じ顔だと自分でも解るものの、醸し出す雰囲気が違う。

育ちって大事なんだなぁ、とレナはぼんやり考えるが、それは逃避であると自覚もしている。

王族たちの話し合いでは、レナはすでにガーシュラムの王女であると確定されているようだった。これからどうなるのか、誰より不安なのはレナ本人だ。

望んでいないのに、レナは次になんになるというのだろう。

やっぱり逃げ出してしまいたい。傍観者の位置に徹しているユハに視線を送るが、想像もできないのか、肩を竦めて返された。

「……ユハ、どうやって宮殿に来たの？　ブリダは？」

王都に来ているはずのブリダがここにいないことが不思議だった。血縁上は関係のないユハを呼び込んでいるくせに、書類上の母親がいないのもおかしな話だ。

「この様子なら、誰かが呼びに行っているんじゃないか？　そもそも、俺はお前の身元を証言するために来たわけじゃなく、店に来た屑の始末に書類が必要だから状況説明のために警吏担当に会いに来ただけだったんだが……」

そういえば店に迷惑な客が来ていたのだったとレナも思い出す。それほど昔のことでもないのに、あまりにいろいろあり過ぎて、すでに遠い過去のことのようにも思える。

宮殿に来るなり、ユハはちょうど良いとばかりにこの部屋へ連れてこられたようで、レナと同じくらい混乱しているようでもある。冷静に見えるのは、ブリダの教育のおかげだ。しかしユハの言う「屑」はどうなったのか、レナも気になるところだったが、現在の状況ではそれを聞く余裕もない。

「ユハ……ブリダは来ないの？　来るはずだろう。来なければ困る」

「それは俺も知りたい。来るはずだろう。来なければ困る」

当事者のレナは最初から弾かれているし、兄であるユハも部外者の扱いだ。そのふたりが、国の中枢にいる者たちの話し合いに入っていけるはずもなく、邪魔にならないようにそっと壁の端へと移動した。できるなら従者たちのひとりであると見なされたいという思いの表れだ。

当事者を放ったままの話し合いを進める様子を見て、レナは不安に顔を顰めた。

「ユハ、本当に……私が、その、王女だと、思う？」

「さあ……本当のところは、よく解らないな。お前が孤児院に来たとき、連れて来たのはまだ若い女だったのは覚えているけど、これが誘拐された王女ですって紹介されたわけじゃないからなぁ」

「……当然でしょ」

こんなときでも、ユハはいつものユハだ。少なくとも、レナはひとりではないと感じることができた。

気持ちに少し余裕ができて、すぐ傍にクリヴたちがいることに意識が向いた。視線を感じたのかそのクリヴが振り向く。

「レナ様、慌ただしくなりそうですが、王子のお心は変わらないと思いますので、ご安心を」

「何も安心できませんけど⁉」

これまでとまったく変わらないと言われて喜べるほど、王子の態度を受け入れてきたわけではない。むしろ、もしレナが王女だったとしても、態度が変わらないということのほうが驚きだ。

レナの気持ちを理解しているのか、クリヴは生暖かく目を細め、同じように並ぶ近衛隊士たちに至っては目も合わせてこない。

現在、一番おかしいのは、第一の当事者であるレナ抜きで話し合いが進められていることだ。レナ自身もそれに加わりたいと思わないから、どこか他人事のような気持ちが消えず、ただ事態が大きくなりそうだということは解るから、不安だけがつきまとう。

ああ、ブリダに会いたい。きっとブリダなら、全部解決してくれそう。

これまで育ててくれた、導いてくれた養母は、レナが今まで出会った誰よりも強く、ぶれない人だった。ブリダを見習っていれば大丈夫だとレナも思っていたし、ブリダに見放されなければ生きていけるとも思っていた。

その気持ちが溢れて、知らずユハに縋るようにくっついていたのだが、それを見咎めたのはクリヴだった。

「……レナ様、少しユハ殿とは離れたほうが」

「どうしてですか？」

レナにしてみれば、いつもと変わらない行動だったのだが、クリヴの忠告の意味はすぐに解った。

「レナは僕の妻なのだから、僕のそばにいるのが当然だ」

「…………」

いったいいつの間に傍に来たのか。

突然目の前に現れた王子に、レナは驚き、何も言えないまま再びその腕に抱かれ、ユハから引き離される。同じことが少し前にもあったと思い出しつつレナはそのまま固まっていた。

「レナがガーシュラムに行くというのなら、僕も一緒に行くことが前提だ」

「……え」

しかし、しっかりと王子に捕まえられながら耳に入ってきた言葉に、レナはいったいどういう状況なのかが解らなかった。

「そもそも、僕が行かせないが」

レナがガーシュラムへ行くなどと、いつの間にそんな話になっていたのだろう。

すぐに受けて答えたのはレナと同じ顔の王女であるリシャーナだ。

「でもラヴィーク王子様、お父様は、お姉様に会えるのをずっと楽しみにしていました。

しばらく親子の時間をいただいても……その間、私が代わりにお側についております。私は今までお父様に大事にしていただきました。だからお姉様の代わりに私、ひとりでも大丈夫です」

「レナの代わりなどいるものか」

離さない、とばかりにレナを強く抱きしめる王子に、レナはいったいどういう方向へ話が向かっているのか頭に入ってこない。

「まぁ、お姉様、愛されていらっしゃいますのね」

「違う。僕とレナは愛し愛されている仲だ」

穏やかに微笑むリシャーナに、断固として譲らない王子。

いったいこのふたりは何について話しているのだろう、とレナが首を傾げていると、ガーシュラムのアードルフ王も加わってきた。

「レシャーナは私の娘です！　嫁ぐなんて早過ぎます！」

「もう嫁いでしまったので仕方ないですね、諦めてください」

相手が他国の王でも王子の対応は変わらなかった。

諦めろと言われて、諦められる親がいるはずがないとばかりに、アードルフ王もいきり立ってしまっている。

「なにを諦めろと言われるのか！　ずっと探し求めていた娘です、ようやく会えたというのに一度も腕に抱けないまま離れろなどと貴方はどういうおつもりか！」

「ガーシュラムの国を救った英雄のつもりです」

「……!!」

さらりと返された王子の言葉は、この部屋の者でなくても、アルヴァーン国でもガーシュラム国であっても、国中の者が知っている事実だった。

「そもそもは国政を疎かにされたご自分の責任とご自覚なさるがよろしいかと。レナはアルヴァーンで育ち、僕の妻になりました。居場所は僕の隣であり、他のどこかに行くことは夫である僕が許しません」

この場で一番の強者はラヴィーク王子であることを誰もが知っていた。

王子の父親であるデリク王は、有能であるがすでに老いていて、王位を王子に引き継ぐことを決めている。アードルフ王は一度国を傾けた経緯から立場は弱く、何よりラヴィーク王子に救ってもらっている。

さらに国を立て直すための援助も受けていた。

この王子の言葉に反論できるものなど誰もいなかったのだ。

王子が一言、ガーシュラムを攻めると言えば、アルヴァーンの国中がそれに従うだろう。そしてガーシュラムにはそれを防ぐ力がない。それでもアードルフ王は親としての気持ちが捨てきれないのか、しかし立場も理解しているのか、動揺しているのがよく解る顔をしていた。

国王としての立場と、親としての立場。

それを理解しているのはアルヴァーンのデリク王だけだった。

「ラヴィーク、落ち着きなさい。事実、レナとの婚姻が結ばれている以上、それは揺るぎ無いものなのだから。しかし、アードルフ王のお気持ちも理解できないはずがなかろう」

穏やかに、そして冷静に割って入るデリク王の言葉は、その場の誰もが従うものだった。

落ち着いた目で、王子とガーシュラムの王族を見渡し、この話し合いをまとめるように続けた。

「わざわざ出向いていただいたのだ、アードルフ王らにはしばらくこの宮殿で休まれることをお勧めしたい。その間、我が王子の嫁となった娘もご挨拶に伺うでしょう。ごゆるりと心ゆくまで話し合われるがよろしい。そしてその後で、この続きを話し合いましょう」

その結論に、誰も異存はないはずだった。

見事に落としどころをつけたデリク王にレナも安堵したし、ガーシュラム側も理性を取り戻したようだ。

しかし、王子はやはり王子だった。

「私たちは新婚ですよ、父上。レナとの時間を奪うなら、それ相応の理由をいただかなければ」

「ラヴィーク……」

レナを腕に抱き、他の誰にも渡さない、という態度を変えない王子は、まるで子供そのものだった。

この王子をどうしてくれようとおそらく部屋の中の全員が感じたとき、入り口付近に控えていた近衛隊士が新しい人物の入室を告げた。

「イアンナ王妃様、並びにバーディ男爵がいらっしゃいました」

部屋の入り口から叫ぶように伝えてきた声に、全員の意識が向いた。

視線が向かうのと同時に、侍従が扉を開く。そして現れたのは先日ぶりとなるイアンナ王妃と、養母のブリダだった。

「……ブリダ！」

その姿を認めた瞬間、何故か緩んだ王子の腕からレナは抜け出し、養母のもとに駆け寄った。そのまま抱きつこうとしたが、その額にべしッと手のひらを当てて止められる。

止めたのは他でもない、養母であるバーディ男爵本人だ。

思わず駆け寄った養女に対する養母の反応として、その場の全員が驚き、様子を窺うように黙り込んだ。

レナの額に手を当てたままのブリダは、いつものように低く、しかし柔らかな声で目を細めた。

「なんというはしたない行動。私は貴女に、そんなことを教えたかしら？　王都で暮らすうちに、ずいぶん成長したようねぇ」

「……ご、ごめんなさい」

人を見下す、冷ややかな視線。その場を凍らせるような冷徹な声。今までの状況に混乱してしまっているだろう養女にすら、ブリダの態度はこれまでとまったく変わらなかった。

それに安心する気持ちもあるが、レナは思わず謝ってしまう。

しょんぼりと肩を落としたレナに、ブリダはようやく目元を緩めた。その手は、人差し指をレナの額に当てて小突く様にしているが、表情は柔らかい。

「聞いたわ。ずいぶん面白いことになっているのね」

付き合いが長くなれば、そんな口調であってもブリダがちゃんと考えてくれていると解る。レナが困惑しているだろう気持ちを、ちゃんと理解してくれているのだ。

「ブリダ、私、何がどうなっているのかも、どうすればいいのかも、解らないの」

「なるようになるわよ。あちらが、ガーシュラムの王女様かしら？」

ブリダの言葉は簡潔で、あっさりとし過ぎているほどだ。

背後にいた面々の中から、レナにそっくりな相手を示したブリダに、レナは頷く。確かめなくても、レナがガーシュラムのリシャーナ王女の姉だと言われているのは、ガーシュラムの王女に瓜二つなのが理由なのだから、間違えようもない。

ブリダはこの状況を楽しんでいるようだった。

「本当に似ているわ。この顔が証拠なら、確かに貴女はガーシュラムの王女なのでしょうね」

「ブリダ……」

これまでで一番信頼している相手に言われると、レナもそう思うしかない心境になってくる。誰よりも、自分が疑っているから信じられず、他人事のように思っていたのだが、ブリダに言われると納得せざるを得ない気持ちになる。

「私は、でも」

「でもも何もないわ。貴女が誘拐された王女だというのなら、ガーシュフムの陛下のお気持ちを考え、会いに来ていただいたことをありがたいと思わなければ。親というものは、子供がいくつになっても心配するものだし、何より貴女は親から奪われた存在なのだもの。安心させてあげるためにも、陛下と王女様のおそばにいることも必要よ」

ブリダの言葉は、すべてが正論であり、レナには反論のひとつもない。

レナは、ブリダに会えさえすれば、答えが分かるものと考えていたが、はっきり示された道すじに、何故か心が痛む。

「それから、落ち着いたらちゃんと帰っていらっしゃい。貴女は私の娘であり、バーディ男爵家の娘なのだからね」

レナの心をちゃんと見抜いていた養母は、顔を伏せたレナにそう続けた。

その言葉は、心の底でレナが待っていたものだった。この言葉をレナは待っていたのだと、耳にして初めて気づいた。

「……はい！」

レナは不安で仕方なかったのだ。

ようやく慣れた男爵家の令嬢という立場もブリダが用意したものであり、ブリダがいてこそレナの存在があるのだった。ユハと一緒に拾われてから、ブリダという存在は本当にレナの親であり、帰る場所で、大事なものだった。

ブリダはレナが何を求めているかを見抜き、帰る場所を示してくれた。

これでレナはどこへでも行けるし、なんにでもなれるだろう。

安堵して微笑んだレナを見て場が一応和んだと思ったのか、それまで傍でただ静観していたイアンナ王妃が口を挟む。

「まぁブリダ。相変わらず優しいのね。それに頼りがいがあって。変わらない貴女が本当に嬉しいわ」

「イアンナ王妃、貴女もこんな私を気に入ってくれて、変わらないわね」

やはりふたりは仲が良いのか、お互い笑い合って気持ちも通じ合っているようだ。

レナが物心ついた頃から、ブリダは領地から出ることがほとんどなかったはずだが、こんなにも王妃と仲が良いなんて知らなかった。

以前、イアンナ王妃がブリダとのことを言っていたのも嘘ではなかったのだ。

そこでレナは、初めて周囲にも気を回すことができた。

ブリダに夢中だったレナに遠慮して、ユハはいつものように見守る側になっているし、デリク王でさえ黙って成り行きを見ている。いや、ブリダを見る目が少し複雑なもののようにも見える。ガーシュラムの王族たちは、自分たちの味方をしてくれそうだと判断したのか、ブリダには好意的な目を向けていた。

そして先ほどまで一番声を上げて我を通していた王子は、一番表情が変わっていた。まるで幽霊でも見たような顔でブリダをじっと見つめ、何度も瞬き、その存在が本物であると確かめると、ふらふらと近づいた。その自信のない歩みは、レナが初めて見る王子だった。

「……シビル子爵夫人？」

ぽつりと呟いた名前は、レナには初めて聞くものだった。

しかし対応したブリダは、王子の姿を認め、目を細めて口端を上げた。それがブリダの微笑みである。

「お久しぶりね、ラヴィークさま。大きくなられたこと」

「本当に、シビル子爵夫人なのか？」

驚いたのはレナも同じだ。

まさか王子とも知り合いだったのか、と目を瞬かせたのだが、王子の様子の変化にレナの顔は険しくなった。

「そうです、ラヴィークさま。シビル子爵が亡くなったあと、バーディ男爵と再婚いたしましたの。もう夫は亡くなりましたがバーディ男爵夫人とお呼びくださいね」

「ああ……そうか、そうだったのか……！　僕はずっと、貴女を忘れはしなかったよ！　貴女の厳しくも素晴らしい指導を今でも守っている！」

レナはブリダの過去を初めて聞きながら、王子がブリダの前に膝をつき、そして目を輝かせる様子を見ていた。頬を染め、口端も緩み、まるで悦びを全身で表すような格好だ。うっとりとブリダを見上げる姿は、女神を崇める信者のようでもある。

レナがいったいどうした、と目を瞠っていると、いつの間にか傍にいたクリヴがそっと耳打ちして教えてくれた。

「……ブリダ様は、以前シビル子爵夫人でしたが、その頃、王子の教育係を務めていらっしゃったと聞いております。王子が物心つかれた頃から、十を数える頃までで……私とお会いした頃は、もう子爵夫人はいらっしゃいませんでしたが、ご教育は充分だったようで、すっかり王子はあのように……」

あのように、なんなのか。

言葉を誤魔化されたようだが、レナにはその続きが解ってしまった。

今の王子の顔は見たことがあった。

レナが鞭打ち、人を蔑んだとき、自分にそれが向けられるのを待っていたような、あの期待に満ちた表情と同じなのだ。

傍にいたイアンナ王妃は楽しそうに笑っているし、デリク王は諦めを含んで深く溜め息を吐いている。ユハは王子の状態を理解したようで残念な顔をしていた。クリヴや護衛たちは諦めに似た境地に入っているのか、傍観の立場のまま動かない。

レナは中心にいるブリダと、彼女を崇拝するような様子の王子を見て、自分の感情が一気に膨れ上がり、爆発することをはっきり感じた。

「アードルフ陛下！」

「……レシャーナ？」

突然名前を呼ばれたアードルフ王は、叫びに近い娘の声に驚いていた。

「しばらく宮殿でお過ごしになるとのこと、私もご一緒させていただきたいと存じます」

「──本当か!?」

アードルフ王は突然の展開に驚きながらも、レナの言葉に顔を喜びに綻ばせていた。

これまで、あまり発言もなく、王子の腕に抱えられるようにして守られているように見えたレナが、自らこちら側につくようなことを口にしたのだ。

喜びに今にもレナを抱きしめてしまいそうだった。

気後れするほど立場の違う国王相手だというのに、このとき、レナは感情が荒ぶっていて、まったく冷静ではなかった。

「では、部屋のご用意を、クリヴ、お願いしていいかしら」

「──ご用意しております」

「案内してちょうだい」

一番親しみのあるクリヴに頼むと、相手も心得ていたのかすぐ返事をしてくれる。そして他の誰の意見も受け入れず、聞かない態度を貫いたレナは、全員に背を向けるように足を踏み出していた。

レナが出て行ったあとで、どんなことが話し合われたのか、考えたくもなかった。

とりあえず、レナはもう混乱の極みの中にいて怒りすら感じて、その場を逃げ出したのだった。

＊　＊　＊

ラヴィークは本当に驚愕に固まっていた。

こんなにも驚いたのは、どのくらいぶりだろう。レナに会えたときと同じくらいの衝撃かもしれないと考えるくらいだった。

父は今でも幼少の頃の教師を間違えた、と時折唸っているが、母は王太子としての実力は教師のおかげだと喜んでいる。

相対するふたりの意見だが、ラヴィークは実のところ母寄りの気持ちだった。

相手を冷静に見る力や、物事を深く考えるのと同時に、即座に判断する直感も教えられたと思っているからだ。

それに加えて、自分でも知らなかった嗜好を教えてもらったこともあるが、父王や周囲が嘆くほど自分は人としておかしいとは思わない。

確かに人とは変わった嗜好なのだろう。

虐げられて喜ぶのは、不思議なことなのかもしれない。

しかし、「お前の実力はこの程度なのか」と嗤われて、ラヴィークはひどく言われれば言われるほど、俄然《がぜん》張り切ってしまうようになった。

シビル子爵夫人がバーディ男爵夫人だとすると、彼女に育てられたレナが同じ素質を持っていてもおかしくはない。

レナの冷ややかな視線に、憧れと懐かしさを含んだ気持ちを覚えても不思議ではなかったのだ。

しかしながら、レナを欲しいと思う気持ちと、それは少し違うところにあると気づいた。

もちろん、いつでも自分をいたぶり、蔑み、言葉どおり鞭打ってくれるのは構わない。

むしろ望むところであるのだが、レナの泣き顔には、ラヴィークの知らなかった何かが揺り起こされ、違う意味で心が騒ぐのだ。

レナはもうラヴィークのものだと思っていた。

だから他の男が触れるのは許されないし、ここにきて、ガーシュラムの王女だと言われても自分の主張を止めることはできない。

自分の気持ちは、誰に惑わされることなくはっきり言える。自分の意見だからだ。それを歪められるのも不愉快だし、相手の良いように解釈されるのも苛立つ。

ラヴィークの気持ちを正確に受け入れているのはレナだ。

だからこそ、レナは戸惑っているのだし、不機嫌になったり混乱し我を忘れたりするのだろう。

そんなレナだから欲しいのであって、同じ顔だからという理由でガーシュラムのリシャーナ王女を差し出されても納得できるはずがない。

それはラヴィークの周囲の者ならよく知っていることだというのに、ここにきてレナ本人に理解されていないように感じて、顔を顰めてしまった。

気づけば混乱の中、レナはひとり出て行った。

その後ろをすぐに追おうとしたのに、同じ顔のリシャーナに止められた。

「お父様とお姉様にお時間をください、ラヴィーク王子様。その間、私がお相手をいたします」

にっこり微笑まれてはいるが、ラヴィークはまったく楽しくならない。

リシャーナを初めて見たときは、レナと同じ造りなのだと驚いた。目鼻立ちから、輪郭もまったく一緒なのを目にして、双子というものはここまで似ているのかと感心したほどだ。

しかし、見分けがつかないほどではない。

リシャーナは王族として育てられたからか、動きのひとつひとつが決められているように見える。微笑んでいても、その中で何を考えているか、相手に悟られない表情をつくることができているのだ。

対してレナは、考えていることが顔に出ている。ラヴィークにちゃんと伝えていて、それは行動にも表れているから、すべて見逃したくなかった。

だからこそ、同じ顔でもレナの代わりはリシャーナにはできない。

彼女がそれを理解していないから、ラヴィークはリシャーナを前にすると面白くなかった。

加えて、ラヴィークからレナを引き離そうとすることが許せない。

レナはラヴィークのものであり、常に傍にいるものなのだ。他の男のそばにいるのは、たとえ家族だろうとも許したくない。なのに国へ連れて帰り、もう一度家族として暮らしたいというガーシュラム側の希望は、ラヴィークには到底納得できるものではなかった。

レナが過去に誘拐された王女だというのは、納得せざるを得ない事実かもしれない。何より、リシャーナというまったく同じ顔の証拠があるのだから。子供を誘拐されたことで、ずっと病んでいたアードルフ王には、何よりの朗報だったのだろう。何しろ、国を軍部に乗っ取られ、傾けるほど病んでいたのだ。

もともとは頼りになる国王であり、穏やかな治世を布いていた王だ。レナが生きていて、もう一度会えたことにより、健全な精神を取り戻し国を元どおり復興させるなら隣国としてありがたい。

しかし、だからと言って、レナを奪うのは筋が違う。

レナと会うことは構わない。しかし、レナを奪うことだけは、たとえ実の親だと言われても、ラヴィークは納得したくなかった。

目の前に立ち邪魔をするリシャーナ王女をよけてレナを追った。しかし、一度部屋を出て行ったレナは、あっという間に実の親と用意された部屋に消え、その周りをガーシュラムから連れて来た護衛たちで固めてしまい、まるでラヴィークには関係ないことだとばかりに閉じこもってしまった。

レナのこれまでの言動に素直に従っていたら、いつまで経ってもレナはこの腕に収まらない。

王太子の権限で、強行突破をしようとしたものの、ここで養母であるバーディ男爵夫人が立ちふさがる。

何を考えているのか、彼女はしばらくレナを放っておいてやれと言う。

放っておいてどうなるのか、ラヴィークはあまり楽しい考えが浮かばず面白くないのだが、幼い頃から逆らえなかった師にそう言われると、やはり身体が覚えているのか躊躇してしまう。

待てと言うのなら、大人しく待とう。待った後で、ちゃんとレナに会えるというのなら、ラヴィークも責任ある大人らしく待てる。ラヴィークはしぶしぶながらその日は引き下がることにした。

だが、その間にリシャーナが近づいて来ることに辟易した。

ガーシュラムの王女という立場からか、父王さえ気遣うように、と口を出してくる。

そんな指示は要らなかったが、王族として、隣国との余計な諍いは起こすべきではない。

何しろ、レナはガーシュラムの王女であると公表されるかもしれないのだ。

秘密裏に結婚してしまったとはいえ、その事実が広まるのもあまり時間がかからないはずだ。そして男爵令嬢だったレナが、実は隣国の王女だったという事実も、併せて広がってしまうのだろう。そうなると、自国の貴族の娘を娶っただけという現状から、国家間の話に広がり、もっと事は複雑になってしまう。

レナをもらうには、少しでも心証をよくしておくのも必要かと大人しくしていたが、やはり楽しくはない。

そして本当に、レナに会えない。

実の親と話し合うと言われて、一日が過ぎた。

レナはガーシュラムの国王と、宮殿の奥にある賓客用の離宮に入って以来、出てこない。

隣国の王族という立場を考え、彼らの国の者で守りやすいようにと用意した離宮だが、それが却ってもっとも邪魔な壁になっているとラヴィークは忌々しく感じていた。

いったい何を話しているのか。

レナは何を考えているのか、さっぱり解らないところがラヴィークは一番怖い。

親となったガーシュラム国王に言いくるめられ、このままガーシュラムへ帰ると言われることが、一番怖いのだ。ラヴィークの傍からいなくなってしまうことが嫌だ。

こんなにも不安に駆られたことは、生まれて初めてかもしれない。ラヴィークは恐怖という気持ちを初めて理解した。

その離宮から、幾度となく顔を出すのはレナと顔だけは同じリシャーナである。

離宮の状況を教えてくれようとしているのか、ラヴィークに何度も会いに来るが、その内容はラヴィークの心が休まるものではない。

「ラヴィーク王子様、お父様は、レシャーナお姉様にもう一度会えたことを本当に感謝しています。お姉様を大事にしてくださったラヴィーク王子様にも感謝しております」

「感謝しているなら、今すぐにレナを返してもらいたい」

はっきりと答えたラヴィークに、リシャーナはレナと同じ顔を痛ましそうに歪めた。

「ラヴィーク王子様……どうかお願いです。これまで十八年、ずっとお父様はお姉様のことを心配してきました。ようやく見《まみ》えることができたのですから、家族の時間をもう少しお許しください」

「家族の時間といいつつも、リシャーナ王女は一緒にいなくていいのか？」

「私は、充分お父様には愛していただきました。これまで大事にしていただいたのです。次はお姉様の番。ひとりでお寂しかっただろうお姉様にお父様の愛で心安らかになっていただきたいのです」

リシャーナの気持ちの籠った言葉を聞いても、ラヴィークは不機嫌な顔を戻すことはなかった。

ラヴィークは、レナが寂しかったというのを一度も聞いたことがない。孤児であることも、男爵家の養女であることも知っているが、レナを好きになったのはそんな生い立ちなど関係ないところだ。

むしろ、自分の普通ではない生い立ちを理解し、その力が自分を成り立たせていると自信を持ち、この国の貴族の中でも負けずに背を伸ばして立っていた。

レナを初めて見たときの衝撃も、レナを知れば知るほど募る感情も、フヴィークには他の何ものにも代えがたいものだった。

「ラヴィーク王子様、それまで、私がお姉様の代わりを務めます。どうぞ何でもお言いつけくださいませ」

だから、そう言われても受け入れられるはずがないのだ。

「レナの代わりなどいない」

「私、頑張ります」

頑張ればできるというものではない。

何故かラヴィークは、このレナそっくりでありながら、ひたむきな様子を見せるリシャーナに嫌悪を感じ、遠ざけたくなった。

しかし、レナの家族である。

今後のことを考えるなら、レナのためを思えば、それなりの付き合いをするべきだろうと、王太子としての立場も解る。

レナのことを考え過ぎて、ただ不機嫌でいることもどうかと考え、深く息を吐いた。

「僕は仕事がありますので、リシャーナ王女にはこの宮殿でどこでもお寛ぎいただけるよう、指示を出しておきます。庭園は誰でも出入りが自由ですし、散策されるのにも良いかもしれません。案内を申しつけましょう」

「ラヴィーク王子様が案内してくださるのではないのですか？」

「僕は仕事がありますので。とくに、ここ数日溜めてしまったことで、側近から睨まれております」

ラヴィークはそれ以上の反論を聞きたくなくて、傍にいた侍従に指示を出し、自分は青の間へと足を速めた。

レナと会えないのなら、仕事に逃げてしまえばとりあえず時間は潰せるだろう。

好きな相手と幸せになりたいだけなのに、どうしてこうなったのか、ラヴィークは誰に聞かれてもはっきり解るほど、深い溜め息をついた。

七章

　リシャーナ王女がラヴィークと過ごしていると聞いたのは、アードルフ王と離宮に引き籠もって三日目のことだった。

　宮殿の奥にある離宮は、賓客のためのものであり、他国の王族を迎えるには充分な場所のようだった。

　ここでは外界から隔離されているようで、レナは戸惑いながらも初めて肉親というものと向き合うことになった。

　ガーシュラムの国王は、とても優しい人だった。いや、甘い人という方が正しいのかもしれない。

　レナはこれまで過酷な人生を歩んできたともいえるが、優しい人はたくさんいた。自分を受け入れてくれた孤児院のシスターや、守ってくれるユハ。そして拾ってくれたブリダや、仲間になった使用人たち。ちゃんと自分の仕事を与えてくれて、レナを大事にしてくれた優しい人たちだ。

厳しくなかったと言えば嘘になるが、その厳しさは誰にでも必要なものなのだろう。レナは今の自分が好きだったし、その自分にしてくれた人たちが好きだった。

だが実の父親は、レナを真綿で包んでしまおうかというほど、甘い人だったのだ。

レナはもう二歳の幼児ではない。だが、彼にしてみれば、別れたときの幼子が目の前に現れた喜びがあるのだろう。その頃の愛情を注ぎ直そうとしているようで、甘いのだ。

自分の手では食事も満足にできないかのような子供扱いにはさすがに辟易するものの、父親の優しさを疑えるはずがない。

だがしばらく付き合えば、アードルフ王もレナがちゃんとした大人であることを理解するだろうし、こんなふうに守らなくても大丈夫だということにも気づいてくれるだろう。

そう思って大人しくしていたのだが、もともと大人しく貴族の令嬢をしていることも難しかったレナだ。領地の屋敷《マナーハウス》にいるときは、暇を持て余し使用人たちと同じ仕事をしていたし、王都の屋敷に来ても商会の仕事を手伝っていた。本を読むことは嫌いではないが、知識を集めるためでないただの詩の朗読は苦手だったし、一日刺繍をしたりお茶を飲むだけの生活に、耐えられるはずがなかった。

私はお人形ではない、と思ったが、これを日常としている本当の令嬢たちのすごさに改めて気づき、感心する。

そもそも、ここに引き籠もってしまおうと思ったのは、ただの意地だった。

あのとき自分に膨れ上がった感情に驚いたものの、冷静に考えると、あれはただの癇癪《かんしゃく》であり、怒りに手がつけられなくなっただけだったと解る。

レナは怒っていたのだ。

他の誰でもない、ラヴィーク王子に。

これまでの一番の理解者であり、大事な養い親でもあるブリダにも裏切られた気がした。

もちろん、そんなふうに思うのは間違っているのだろう。

ただ、ラヴィークの教育係をしていたブリダにラヴィークが陶酔し、今でも崇拝していることが解ってしまった。

ブリダは、昔からブリダだったようだ。誰に対しても変わらない人なのだろうと思っていたが、王子の教育係であっても変わらなかったことに驚きながら、納得もしてしまう。

あの王子を作ったのは、ブリダだった。

王子は、ブリダを忘れられなかった。

ブリダもスカートの中に鞭を持っていると知れば、すぐさまそれを与えてくれと縋るのかもしれない。

いや、ブリダなら躊躇わず、王子を鞭打つのだろう。

何より、王子にそういう嗜好を持たせたブリダが、これまでに打たなかったとも思えない。跪いて、それを待っていた王子を見れば解る。

私だけだと言ったのに。

レナはそう考えて、浅はかにも王子を信じてしまっていた自分を嗤った。

被虐的な王子が、これまで他の誰かに痛めつけられなかったはずもないし、事実、訓練と称して近衛隊の隊士に厳しくされていたではないか。

初対面からおかしなことを言い出し、レナの気持ちなど一切考えておらず、自分のしたいように事を運んでいた王子。

レナの逃げ道を塞ぎ、レナも気づかない間にレナの心を奪っていた王子。

そんな相手に、好きなようにされていた事実に気づいて、レナは自分に呆れたのだ。

まったく自分はどうしたのだろう。自分の意志はどこへ行ったのか。ブリダによって育《はぐく》まれた、他の貴族にも屈しない精神は、どこへ消えたのか。

身体を許してしまったことが、レナの今の気持ちを一番表しているのだと改めて気づき、レナは震えた。

大きな手だった。

誰よりも綺麗な顔でいながら、誰よりも強い王子。その肢体もとても綺麗に引き締まっていて、レナの抵抗などまったく届かなかった。正直、レナの抵抗も楽しんで受け入れている余裕もあったように思う。

初めてだというのに、王子に翻弄されて、気づけば身体が快楽というものを知っていた。

抵抗しなければ、と手を上げるものの、苦しいキスはあっという間にレナの力を奪い、いつしか気持ちがいいことに逆らえない身体になっていた。

このような行為に慣れている王子にも苛立ちを感じた。

しかし、慣れていなければレナは痛みを覚えて最初に逃げ出していただろう。

そう、逃げ出したかったはずなのに。

自分の矛盾した気持ちにも不快感を抱いて、そのすべてが王子のせいだとレナは憤った。

そうだ、怒りだ。

この状況のすべての元凶はその怒りなのだ。そう思っていると、震える身体を心配してくれたのか、アードルフ王が声をかけてくる。

「レシャーナ、大丈夫か？　寒いのか？　熱は？」

「あ、いいえ、大丈夫です」

「我慢しないで、辛いなら辛いといってほしい。これからは、私が一緒なのだから。これまで守ってあげられなかった分、充分甘えてほしい」

甘い父親に、レナは不安になる。

このままでは、ひとりで歩くこともできない人間にされそうだ。

どうやって自分が大人であることを理解してもらおうか、と考えていたレナを見て、アードルフ王は穏やかに笑って言った。

「ラヴィーク王子のことは心配しなくていい。リシャーナが立派に君の代わりを務めているからね」

「……え？」

「あの子も王女としての自覚があったのか、もう守られているだけではいけないと、レシャーナの代わりになると、自分から言い出してね」

それはどういう意味なのか、すぐには理解できずレナは首を傾げた。

「もともと、国を助けていただいた恩に報いるため、私はリシャーナをラヴィーク王子へ嫁がせることを提案していたのだ。でも、私の実子はリシャーナしかいないことから、ラヴィーク王子が国の後継者にと留めておいてくれていた。でも……もうレシャーナ、君がいる」

「……はい？」

にこやかに話す父親の言葉が、レナには理解できなかった。

いったい何の話をしているのだろう。

これまでの経緯から、とことんまで自分を甘やかそうとしているのは事実だが、その代わりになにをしようというのか。

「可愛い娘を嫁がせるのは寂しいが、これまで寂しい思いをしてきた君のために、リシャーナも心を決めてくれたのだ。これからは、お前は私と暮らし、幸せになるんだ」

言われたことを頭の中で三回ほど繰り返して、ようやく理解できたのは、どうやら父親は、レナの代わりに妹であるリシャーナ王女を、ラヴィーク王子の妻にしようとしているようだった。

すでにレナが妻になっていることは、あまり考えていないようだ。

もしくは、結婚が広められていない今だからこそ、変えられると思っているのかもしれない。何しろ、同じ顔なのだから。

レナは視界がふらりと揺らめくのを感じた。

「レシャーナ!?」

大丈夫かと心配されるが、気分を悪くさせたのは他の誰でもない父親だ。

しかしレナは、好都合とばかりにゆっくり立ち上がった。

「ええ……少し休みたいのです。ひとりにしてください」

「侍医を呼ぼうか？　薬は？」

「いいえ、休めば大丈夫です……あ、少し話があるので、ブリダを……バーディ男爵夫人を呼んでいただいてもいいですか？」

「それは、構わないが……本当に大丈夫か？」

心配を繰り返す父親を振り切り、レナは離宮の中で与えられた自室に引っ込んだ。

冷静になれる時間が必要だった。

双子の妹が、代わりになる。

そう聞いて、レナが最初に感じたのは不安だった。

これまでも身動きの取れない何かに絡まっていたようなのに、突然目の前を塞がれて何も見えなくなってしまったように感じた。

不安は、レナに処理しきれない気持ちの表れだ。

甘やかされていればいい、何も心配しなくていい、などという父親の気持ちは、これまでのレナの人生ではありえない選択であり、素直に受け取れない提案だった。

しかもやはり誰もかれも、レナの気持ちを聞いてくれない。


「――――」


聞かれたことがないという事実に気づいて、レナは愕然とした。

押しの強い王子に、それを止めない国王たち。レナを心配しているようで、王族には逆らえない執務官やバーディ家の使用人。さらに新しく現れた父親と、養い親であるブリダ。

正論や守らなければならないことを物の道理として教えられても、理解しても納得できるかどうかはレナの気持ち次第だった。

流されるままに、逆らう間もなく結婚してしまったレナは、王子から逃げ出したかった。

しかし、その王子にレナの代わりが現れて、動揺している自分がいる。

どうして揺れるの。

揺れる気持ちのせいで、目頭が熱くなってレナは寝台に伏せる。まるで子供のように、拗ねた気持ちが渦巻いて寝台に丸くなる。子供より幼い、とブリダに言われたばかりなのも思い出したが、気にしていられなかった。

誰もレナのことなんて気にしてくれない。考えてくれない。理解してくれない。

本当に子供みたいにいじけた気持ちに浸りながら、レナはその中に浸っていたかった。

浸っている間は、誰より自分が自分のことを慰めてくれているからだ。

可哀想なレナ。

馬鹿なレナ。

愚かなレナ。

本当はみんな、レナのことなんてどうでもいいんだよ。

幼いレナが、レナの中で泣いている。いつの間にかレナは大きくなっていたが、それでも泣いていた。

みんなが笑っているのに、レナだけ泣いている。

成長したつもりだったのに、レナはまったく変わっていないようだ。

孤児院を出て、ユハに手を引かれ、戦火の中でひとり迷子になっていたレナ。怖くて泣いて震えることしかできなかったレナ。

助けてくれたのは、誰だった――？


泣きながら、いつの間にか眠っていたようだ。

ドレスが乱れるのも構わずに寝台で丸まっていたが、髪をゆっくりと梳く手に気づいて、目を開けた。

「……ブリダ？」

そこに居たのは、養母であるブリダだ。

レナとユハを助けて、レナをここまで導いてくれたブリダ。しかし、王子の教育係でもあり、あの王子が崇拝しているブリダだ。

ブリダのいつもと変わらない笑みを見て、複雑な気持ちがなかったわけではないけれど、いつも助けてくれるのはブリダなのだ。

レナは子供のようにくしゃりと顔を歪めて、寝台に座ってレナの髪を梳いてくれるブリダの腰に腕を回し、顔を膝に押しつけた。

「ブリダ……っ解らない。本当に、何も解らないの。どうすればいいの？」

何が正解なのか、教えてくれるならそのとおりにするだろう。

もうレナは、考えることを諦めたかった。考えても、少しも楽にはならないからだ。苦しいばかりで、逃げる場所がない。どこかを示されたなら、ただそこへ向かって行くことが、一番楽で良かった。

「まぁ、本当におばかさんね。この頭は何のためについているのかしら？　ただ泣けば解決するなんて、誰が教えたの？」

もちろん、ブリダはそんなことは教えなかった。

意地でも、歯を食いしばってでも、這い上がって来いと身体で教えてくれただけだ。

それでもレナには、導かれていると感じるものがあった。ブリダが貶すように笑う先に、正解があるといつも教えてくれていたからだ。

「ばかでいい。私、ばかだもの。ばかだから、みんな勝手に私のことを決めてしまうのよ」

「勝手になんて決めてないわ」

ブリダの言葉に、嘘だと首を振った。

誰もレナの意思を考えてくれない。気持ちを考えてくれない。みんなそれぞれが、レナを弄んでいるようだ。

「貴女が自分の意見を言っていないからよ」

「言った！　でも誰も聞いてくれない！」

「誰に、何を言ったの？」

レナは考えて、自分の言葉を伝えた相手を思い浮かべる。でも、聞いてもらえなかったと堪えきれず涙が溢れた。それをブリダのドレスに染み込ませる。

「王子に……ラヴィーク様に、言ったわ。嫌だって、何度も言った。でも、止めてくれない……」

「そうねぇ、あの子は、昔から自分のしたいことを一番に優先させていたわね」

相変わらずだ、と笑うブリダは軽い。

「ブリダがあんな人にしたの？」

「あんな、というのが解らないけれど、昔からラヴィークさまは欲しいものを我慢するような方ではなかったわ。何より、自分が欲しいものを欲しいと言わなければ、周りが勝手に決めてしまうような立場であったからなおさらね」

「……勝手に？」

「王族という立場では、それが当然なのよ。だから人の意見を聞いていないように見えたとしても、自分の意見を言い通さないと、受け入れてもらえないの」

「……でも、いつも勝手に好きなことを言ってる気がする」

「それはラヴィークさまが、レナのことに関しては譲らないせいね。一度政務をされているところや、社交界でのラヴィークさまの姿を見てみればどうかしら？」

少しは違うかも、と教えられても、レナには素直に頷けない。

レナが出会った王子は、最初から最後まであの王子だった。

自分のやりたいことをして、周りを巻き込み、相手の気持ちなど考えない。

その王子が、他の人の前では違う？　尊敬される、英雄と呼ばれるような王子だと言われても、レナには解らなかった。その存在を知っていたはずなのに、レナの知る王子は英雄などという呼び名はまったく似合わない人でしかなかったからだ。

ブリダはレナの髪を梳きながら、苦笑に近い声で言った。

「愛されてるわねぇ、レナ」

「……ぜったいちがううぅー」

顔が熱い気がするが、ブリダにしがみついていれば見えないはずだ。

レナのことに関して、絶対に妥協しない王子。他の意見を聞き入れない王子。レナの気持ちすら考えない王子。

それがレナを愛している証拠だと言われても、素直に嬉しいなどと言えるはずがない。

しかし第三者から改めて言われると、嘘でもない気がして、ほわりと柔らかな気持ちが生まれた。それを否定したくて、レナは自分の想いを口に出した。

「私が、もっと強く拒否すれば良かったの？　あれ以上に？」

「……たぶん？」

ブリダの、初めて聞くような自信のない声に、レナは驚いて顔を上げた。そこには笑みで誤魔化したような顔があって、レナは気持ちがささくれ立った。

「肯定して！　お願いだから助かるって言って！」

「ええそうね、たぶんきっと、ラヴィークさまにも通じるわね」

「全然気持ちがこもってない！」

適当な言葉を繋げられて、レナが気づかないはずがなかった。

つまりブリダも、王子の独走する感情は止められないと言っているようなものだった。

それではレナが頑張っても、どうしようもないと断言されたようなものだ。

絶望を感じたレナに、ブリダは表情を一変させた。

人を見下すものではない。蔑む笑みでもない。

愛する子を見ている、母親の目だった。

「レナはおばかさんね。自分の気持ちが相手に知られていないと、本当に思っているの？

ラヴィークさまが、レナの気持ちを無視していると、本当に思っているの？」

それはいったいどういう意味だ。

レナが驚いて、目を瞬かせていると、ブリダはレナに考える時間をくれる。

優しい目だというのに、いつもよりすべてを見透かしているような気がする。レナのすべてを、誰よりブリダが見抜いている。

レナの気持ちを、王子は無視しているのではない。

王子は、レナの気持ちを受け入れて、なお止まるつもりがないだけなのだ。

恥じらいからの抵抗など、レナの気持ちを知っていれば可愛い癇癪程度にしか思われない。

それはつまり、レナが王子のことを受け入れているからにほかならない。

それに気づいて、レナはさらに顔を真っ赤に染めた。耳まで赤い。

「……ッそん、そんなこと！」

あるはずがない、と叫べなかった。

自分の気持ちを、ブリダより、何より王子の態度で教えられるなど、いったい自分はどこまで情けなくなっていたのだろうか。

「好きでもない相手が自分に近づくのを、なにより貴女が許すはずがないでしょう？」

そのとおりだ。

レナにも解っている。だからこそ、レナの意思を聞いてくれない王子が勝手だと思っていたのだが、王子には違う道理があったようだ。

まさかレナ以外の全員が、それを知っていたのではないだろうか。レナはさっきとは違う意味ですべての人に愚かだと笑われている気がして顔を伏せた。

レナは王子のことを想っていた。

好きだと簡単に口にするには複雑過ぎる感情だけれど、新しく出てきた妹に立場を代わってやると言われて嬉しくないくらいには、そして王子が自分以外に崇拝している相手がいると気づいて嫌な気持ちになるくらいには、王子のことを想っている。

それを王子は、いつから気づいていたのだろう。ひとりで抵抗していたことが恥ずかしくなって埋まりたくなる。

ブリダはレナの髪を梳き、子供にするように背中を優しく撫でてくれた。

それだけで気持ちが落ち着いてしまうのだから、やはりブリダはレナにとって母親なのだ。

「ブリダ、やっぱり私の親は、ブリダだと思うの」

「貴女の本当の両親がいたからって、私が貴女の親でなくなると思っていたの？」

おばかさんね、と呆れられる声は、いつものブリダのものだった。

本当に、自分は何を見ていたのか、レナはおかしくなった。

ブリダは親であり、ユハは兄であり、バーディ男爵家の使用人たちは家族だ。

新しい誰かができたって今までの何かが変わるわけではないのだ。レナは知らず笑みを零して、ブリダに強く抱きついた。

「いつまで子供みたいにしがみついているつもりなの？」

「……子供のとき、ちゃんとブリダに抱きついたことはあんまりなかった気がするわ」

「子供返りするには、貴女は女になり過ぎている気がするわね」

「…………」

レナはブリダの膝に埋めた顔を、上げられなくなった。

いったいブリダはどこまで気づいているのか。

王子とのことを、どこまで知っているのだろう。

レナは真っ赤になった顔をもう一度ブリダに押しつけてから、勢いをつけて身体を起こした。寝台に座り、ブリダと目線を合わせて、最後に聞いた。

「ブリダ、貴女はどうして、私を養女にしたの？　ガーシュラムの王女だって知っていたから？」

ブリダの返事は、いつものように低く、冷ややかな笑みと共にあった。

「最初に気づいていたら、もっとちゃんと躾けてあげたわ」

あれ以上に？

レナは急に背中が寒く感じて、ブリダの娘としておかしくないよう慌てて居住まいを正した。

しかし乱れた格好はどうにかなるものではない。

レナは思い出したように侍女を呼び、逃げることを止めて外へ出る決意をしたのだった。

　レナが離宮の与えられた部屋から出て、まずしたことは父親であるガーシュテム国王へ自分の意思を伝えることだった。

　彼はレナのことを考えていないわけではない。考えているからこそ、自分の思うようにしてしまうのだ。

　それはレナがちゃんと自分の言葉を伝えていないせいだ。

「アードルフ陛下、リシャーナ殿下」

　離宮の居間に居たふたりを、公の呼び方で呼んだことで、その顔はとても悲しげなものになったが、レナにはいきなり「お父様」などと呼べなかった。

「私を産んでくださり、そして見つけてくださり、本当に感謝しております。でも、私はガーシュラムへは参りません」

「レシャーナ……」

「そんな、どうして？」

　レナの言葉をすぐには受け入れないだろうふたりに、レナはまっすぐに目を見て返した。

「私を見つけてくださったのは、私がアルヴァーンの宮殿に居たからでしょう？　でもここに私がいるのは、これまで私を守って一緒に居てくれた家族のおかげです。それは養母となってくれたバーディ男爵夫人であり、幼い頃から守ってくれた兄のユハであり、一緒に暮らしてきた男爵家の皆です」

「もちろん、彼らにはお礼をちゃんと……」

「お礼は私がいたします。これからの人生をかけて、彼らに」

アードルフ王の言葉を、レナは遮った。

相手の言葉よりも、自分の言葉を最後まで聞いてほしかった。

「この先、どんなことがあっても、バーディ男爵家を守るのが私の務めであるし、やり通さなければならない恩返しなんです。それは他の誰かに代わってしてもらうことではない。だから、私の代わりは他の誰にもできない。たとえ――同じ顔の妹であっても、私の代わりにはならないのです」

リシャーナ王女に、王子の隣にいることを代わってもらうことはできないし、してほしくない。

それがレナの気持ちだった。

この先、王子の隣に立っていて、楽しいことばかりではないと解っている。何より、一筋縄でいかないのが王子本人なのだ。さらに出自はどうあれ、平民あがりの養女として名前の知られたレナは、王子に相応しくないと言われる局面は必ず出てくる。それを撥ねのけることが、どれほど大変なのかも解っている。

それでも、王子の隣にいるのはレナであってほしい。

今更ながらに、抵抗もせず流されるままに婚姻を受け入れた理由を理解して、レナは赤面する想いだった。

　自分の気持ちを理解するとさらに恥ずかしくもなるのだが、顔を赤くして躊躇っていては王族相手に主張は通らない。レナは言いたいことを黙っているわけにはいかないのだ。

　レナの人生はレナのもの。

　それを解ってほしいと気持ちを込めると、父親は眉根を寄せ、リシャーナ王女は泣き顔を隠すこともしなかった。

「そんな……だって、私は？　私はどうなるの？　お姉様」

　綺麗な王女の涙をどうにかする力が自分にないことも解っていて、レナに罪悪感が押し寄せる。

「リシャーナ殿下は、ガーシュラムの大事な王女様です。アードルフ陛下がこの先もきっと、守ってくれるでしょう」

　アードルフ王としては、レナも守っていきたい相手のはずだ。しかしレナは、ただ守られるだけの、甘やかされるだけの立場では満足しない。

　すでに自分の立場を考え、引きこもる場所から出て、やりたいこと、気持ちを隠すことなく前に進むことを決意したのだから。

　レナは強い意志でリシャーナ王女とアードルフ王を見つめた。どうか、この意志がちゃんと伝わりますように、と想いを込めて。

　アードルフ王はそれを受けて、まるで痛みを胸に受けたように顔を歪めた。

「ようやく、会えたというのに……」

「そうですね。でもこの先、私がいなくなるわけではありません。それにもう大人しく攫われるだけの子供ではなく、抵抗する術を持った大人です。隣の国は、また会いに行ける距離だと思いますよ。そもそも、リシャーナ殿下だって、私の代わりになんてされて嬉しいはずがないでしょう」

リシャーナは王女だ。

王女として育てられて、レナの代わりとして育てられたわけではない。それはレナも同じ、一個人として替えの利く問題ではないのだ。

「そんなことないわ！」

「……え？」

リシャーナ王女の自尊心というものもあるだろうと思っていたが、その王女が泣き顔のまま強くレナを睨んでくる。

「私……私、ラヴィーク王子様が好きだもの！　最初はレシャーナお姉様の代わりでもいいの。でも想い続けていればきっと、ラヴィーク王子様も私の気持ちに応えてくれるはず！」

「……ええ？」

いったい何を言い出したのか。

レナは突然のリシャーナ王女の主張に眉間の皺を深くした。

まさか、リシャーナが王子に好意を寄せているとは思わなかったからだ。

レナは、正真正銘の王女と英雄である王子が並んでいる姿を思い浮かべて、戦慄が走った。ふたりは本当にお似合いになるだろう。外見だけでは、レナとリシャーナに変化はなくても、王太子妃としての資質を求められた場合、平民として育ったレナより、王女のリシャーナを選ぶほうが当然だと思える。

レナの中に浮かんだ不安は、誰かを好きになると必ず浮かぶものだ。

この劣等感は、ずっとレナにつきまとうのかもしれない。

これまでも蔑みの目で見られることは多かったし、それを撥ねのけてもきた。この先も、同じようにレナは撥ねのけるつもりだが、相手がただの貴族の娘でなく、王族の娘であり、立場の違う同じ顔ということが、レナを不安にさせる。

「ラヴィーク王子様はとても優しかった！　私の気持ちを受け入れてくださっているのよ。解ってお姉様！　私、初めての恋なの！」

「あ……え？」

お淑やかで王女の鑑《かがみ》だとも思っていたリシャーナ王女は、見かけよりも激しいものを秘めているのかもしれない。

その勢いのまま、離宮から飛び出して行ってしまった。

残されたレナとアードルフ王は顔を見合わせ、困惑を隠せないでいた。

いったいこれはどうしたらいいだろう、とレナが戸惑っていると、同じように困った顔のアードルフ王が先に口を開いた。

「……どうやら、私は、娘を甘やかし過ぎたようだ……」

「アードルフ陛下？」

どういう意味なのだろう、とレナが首を傾げると、アードルフ王は深く息を吐き、真剣な目でレナを見た。

それは父親としてのものではなく、一国の王としての目だった。

「レシャーナ……お前は、本当に大きくなったのだね。そしてそれは、この国の方々のおかげなのだ」

「……はい」

その素直な返事に、アードルフ王はまた痛みを覚えたように顔を歪めたが、すぐに諦めたように口元を緩める。

「私はそれを奪うのではなく、彼らに感謝しなくてはならない……」

レナは驚き、そして嬉しさが胸に広がる。

自分の気持ちが、確かに通じたと感じた瞬間だった。

もっと、ちゃんと気持ちを伝えたい、とレナが口を開きかけたとき、離宮の外が騒がしくなったことに気づいた。

「……なんだ？」

アードルフ王もおかしいと思うほど、離宮の外の賑わいは中に伝わり、そしてその喧騒は離宮内に入り込んできた。
先頭に立っていたのは、他の誰でもない王子その人だった。

八章

煩わしいものは、切って捨ててしまえばいいのではないか。

ラヴィークはそう感じて、何度も愛剣の柄に手を伸ばした。しかし、不穏な空気を察知したのか、腰に佩《は》いていた剣は護衛たちが取り上げてしまった。

舌打ちをしても、返してはもらえないだろう。ラヴィークが誰を斬ろうとしているか解っているからだ。

レナに会えない。

もう三日も会えていない。

ラヴィークが我慢できるのは、頑張って一日ほどなのに。

それも仕事に明け暮れてなんとかできる我慢だ。あまりに仕事を詰め過ぎてそれらを終わらせてしまったせいで、このところずいぶん時間が余る様になってしまっている。その空いた時間で、どうしてレナではない相手の機嫌を取らなければならないのか。

レナと同じ顔をしているくせに、レナではないとはっきり解る女に。ラヴィークの神経はそれだけで逆撫でされているのに、相手はラヴィークの気持ちなど一切理解していないようなのだ。

こういう相手は今までにも数えきれないくらいいた。それを避けるため、貴族の娘の視界には入らないように逃げ回ってもいた。堂々と宮殿の中を通る様になったのは、レナが隣にいたからだ。

見せびらかすために連れて歩いた。

レナは自分のものであり、自分が他に目を向けることはないという主張だったはずなのに、レナと同じ顔をした相手と一緒にいなければならない事態が苦痛でならない。ラヴィークは失礼のないように対応するだけで、愛想よくしているわけではない。それが拒絶の意味だと相手には伝わらないようだ。

ならば理解できるように、力で示してやろうというのに、側近たちは揃ってラヴィークから武器を遠ざける。

まったく酷い側近たちだ。

せめてレナを連れてきてくれれば機嫌も治るというのに、それすらやらない。

有能だなんだと周囲からは言われていても、所詮はその程度かと睨みつける。しかし付き合いの長さからか、少々ラヴィークが睨んだところで怯まない図太さは持ち合わせているようだ。

そして今日、レナが籠りっきりになってしまっている離宮へ、バーディ男爵夫人が行ったらしい。

これまで出入りするのはリシャーナだけであったはずなのに、ガーシュラムに関係のない、バーディ男爵夫人は呼ばれて入った。

レナの養母であるが、血の繋がりはない。

養母が入れて、夫が入れぬはずがないだろう。

「王子！　どちらへ！」

足を踏み出したラヴィークに慌てた様子のクリヴが声をかけるが、行き先は知っているはずだ。

「離宮だ！」

それでもあえて答えてやると、背中に違う声が追って来る。

「お待ちください王子！　まだ先触れも出しておりません、お時間を……！」

「時間など！　僕との時間のほうが優先だろう！　レナは僕の妻だぞ!?」

アルヴァーンの宮殿において、王太子であるラヴィークの意思を阻むものなどこれまでなかった。物の道理は理解している。ラヴィークにもできないことは多々あるだろうが、レナに関してラヴィークは一切妥協したくなかった。

するべきものでもないはずだ。

何故なら、レナはラヴィークの妻であり、ラヴィークのものだからだ。

何人かのガーシュラムの護衛騎士たちが離宮の入り口で立ちふさがるものの、斬り殺すつもりで睨みつければ、びくりと怯んだのが解った。武器は取り上げられたまま手にしていないというのに、間抜けなことだ。

その隙に入り込もうとすると、反対に扉が内側から開いた。

出てきたのは、バーディ男爵夫人だ。

隙のない貴婦人の姿は、ラヴィークの記憶にあるままだった。幼い日に別れてから、ずいぶん時間が経っているはずなのに、老いは感じられない。

その年齢不詳さも、バーディ男爵夫人ならおかしくはないかもしれない、とラヴィークも思ってしまうほど、今も不思議な人だった。

ラヴィークの根本となるものを教えて、育ててくれた人だ。尊敬もしているし、陶酔していたこともあった。久しぶりに会っても冷ややかなものを放っている姿には、虐げてもらえるかもしれないという期待に背中を震わせてしまうこともあったが、今のラヴィークにとって重要なのは過去の女性ではない。

ラヴィークが欲しいのは、レナなのだ。

信頼し、敬愛する人であっても、三日もラヴィークが会っていないレナに会った人だと思うと、無意識に不穏な空気を向けてしまっていた。

「ラヴィークさま」

バーディ男爵夫人の口調は、ラヴィークの冷たい視線を受けても変わりなかった。

「立派にお成りになりましたね、ラヴィークさま。貴方に、レナをお願いしてもいいのかしら？」

「僕は……」

予想外の言葉に、ラヴィークは一瞬言葉を詰まらせた。

バーディ男爵夫人の声は柔らかくも、その態度はこれまでで一番冷気を漂わせ、威圧すら感じるものだった。

それはラヴィークの師ではなく、レナの親という立場のものに感じられた。

しかし、ラヴィークがそれに負けるはずがない。養い親だろうと、実の親だろうと、レナはラヴィークのものと決まっているのだ。

「レナは僕のものです。他の誰かと共有するつもりもない。僕が守り、僕が愛し、僕が必要とする女性です」

ラヴィークの宣言は、バーディ男爵夫人には満足する答えだったようだ。妖艶な笑みを零し、ラヴィークの傍を何事もなかったように通り過ぎ、去って行った。

ラヴィークはその姿を一度見送ったが、大事なものは後ろではない。前にあるのだと足を踏み出した。

今度こそ、とその扉に手をかけかけたが、またしてもそこは内側から開いた。

今度は何だ、とラヴィークが顔を顰めても無理はないはずだ。

出てきたのはレナではない。飛び出すように勢いよく出てきたのは、レナと同じ顔なのに本人ではないリシャーナだ。

相手はラヴィークの姿を見るなり、顔を輝かせて胸に飛び込んでくる。

「ラヴィーク王子様！」

腕に抱きたいのは、この女ではない。

顔の皺をさらに深くしたというのに、リシャーナはまったく気にしないのか、それとも気づいていないのか、泣いたような顔で必死にラヴィークに訴えている。

「私、私……っラヴィーク王子様をお慕いしております！　きっと、ラヴィーク王子様に似合う妻になります！　ガーシュラムを救ってくださったラヴィーク王子様に、これからずっとついていきます！」

いったい何を言い出すのか。

リシャーナの主張は、どれもラヴィークには的外れなものだ。

そのどれもが、ラヴィークの心には響かない。

「レシャーナお姉様より、私のほうがきっと、ラヴィーク王子様のお役にも立てます！　だから私――」

「――なんだと？」

さらに続きそうだったリシャーナの言葉を、ラヴィークは低い声で遮った。

しがみついた身体を引き離し、怒りの感情しか籠らない冷めた目で相手を見下ろす。おそらく、そんな目で見られたことはないのだろうリシャーナはびくりと身体を揺らし、震えていた。しかし、そんなことに構っていられない。

先にラヴィークの怒りに油を注いだのは、リシャーナなのだ。

「僕の役に立つ？　いったいどういう意味だ。何のためだ。何もできず、ただ笑っているだけの王女が、僕の何に役立つというんだ？」

しかも、それがレナの代わりだと言い切る。

その見当違いな思い込みに、ラヴィークは笑ってしまいそうだ。

「それは……っ」

「君では僕の役には立てない。そもそも、存在すら僕に意味はない」

「……っ」

涙に濡れるリシャーナの息を呑む声が聞こえたが、ラヴィークはもう気に掛けることはなかった。

そのまま横を通り抜け、求めていた場所へ向かう。

離宮に入ると、中には賓客が寛ぐための居間があり、大きなソファにアードルフ王と、その向かいにレナが、驚いた顔で座っていた。

レナの顔をみただけで、感情が昂った。

外での諍いなど、すべてがどうでもいいことに思えるほど、ラヴィークの心はレナだけに染まった。

これは僕のものだ。

その想いだけで、レナに近寄り、腕に抱き込む。驚いたレナはそのまま腕の中に収まったものの、びっくりした顔で見上げていた。

「……ラヴィーク様？　どうされたんですか？」

本当に、ラヴィークがここにいる意味が解らないという顔をするレナに、一番腹が立った。

「解らないのか？」

「……解りませんが」

「三日だぞ？」

「はぁ」

「三日もレナに会えなかった！」

「……そうですね」

真剣に言っているのに、レナはそれがどうした、というようにあっさりとしている。

この違いは何の差なのか。レナはラヴィークのことを考えることすらもやめてしまったのかと、苛立ちが募る。

三日ぶりに姿を見ただけで気持ちが昂るラヴィークは、それをどうやったらレナに伝えられるのか、怒りの籠った頭で考えていると、ラヴィークの後ろから新しい叫び声が届いた。

「ラヴィーク王子様！　どうしてレシャーナお姉様なの!?」

泣き声というより、悲鳴に近いリシャーナの声に振り向くと、その場の全員が凍りついていた。

そこにいたリシャーナは、泣いていただけではなく、何故か短剣を抜き身のまま両手に持ち、その先を自分の首に当てていたからだ。

「リ、リシャーナ⁉」

最初に驚いて声を上げたのは父親であるアードルフ王だ。

「どうしたのだ⁉　落ち着きなさい！　すぐに剣を離すのだ！」

「……っどうして⁉　私、本当にラヴィーク王子様をお慕いしているんです！　一緒になれないのなら……ッ死んだほうがましだもの！」

いやいや、とまるで子供のように首を振って我を通そうとするリシャーナに、ラヴィークは冷めたものしか感じなかった。

しかし父親は違うのか、慌てた様子を隠すこともなく、おろおろとリシャーナに近づこうとするも、その切っ先がリシャーナを傷つけるのでは、と躊躇っている。

そのうろたえ具合は、本当に一国の王なのだろうかと訝しむほどだ。

この状況で冷静さを失うのは、施政者としてどうかと思う。いや、こんなに感情に振り回されるからこそ、国を乗っ取られたのだった。

ラヴィークが喜劇のような醜態を眺めていると、アードルフ王はさらに必死になってラヴィークに向きなおる。

「ラヴィーク殿！　どうか、どうかリシャーナの剣を……！　命を救ってください！」

「何故？」

いったいどうして、ここでラヴィークが助けなければならないのか。

リシャーナ自身が自分に剣を向けているのだから、自分のしたいようにさせるのが一番だろう。

「死んだほうがましだというのなら、死んでみればいいじゃないか。自分で決めたことに他の者が何を言える？」

「な……っあ、貴方という方は！　ガーシュラムを救ってくださったのは感謝しているが、リシャーナを傷つけるような方であったとは！」

「勘違いしないでもらいたい。傷をつけようとしているのは王女本人であって僕ではない」

「そのような！　自分を慕う者の気持ちが貴方には理解できないのか!?　そのような気持ちの解らぬ相手には、もうひとりの娘も任せることなどできない！」

激情したまま怒鳴られて、ラヴィークは頭のどこかが焼き切れたかと思うほど、自分の気持ちが昂るのを感じた。

＊　＊　＊

「ふざけるな！」

王子の怒鳴り声は、きっと離宮の外まで響いたはずだった。

たぶん怒るのだろう、と思っていたとおり、王子は怒った。

クリヴは身構えていたが、他の者、とくにガーシュラムの面々にすれば震えあがるようなものだっただろう。事実、睨みだけで敵を退けてきた王子の本気の怒りを真正面から受けて、まともに立っている相手は珍しい。

しかし、ガーシュラムの国王であるアードルフ王は、しっかりと王子を睨み返していた。

「レシャーナは私の大事な娘！　これまで一緒にいられなかった分、側にいてほしいと思うのも当然のはず！」

自分の意志こそ正当なものだと言い切る強さは、やはり王であるだけのことはあるのかもしれない。だがそんなことで、王子が怯むはずがないのはアルヴァーンの誰もが知っている。

こと、レナに関しては王子が引く想像すらできない。

「レナはすでに僕の妻だ！」

その妻であるレナは、この状況で一番蚊帳の外に置かれているようで、勢いにのまれたまま状況だけを見ているようだ。

命を懸けて自分の気持ちを主張したはずのリシャーナ王女も、自分の勢いを削がれたようで短剣を握る手が震えている。彼女の気持ちを逸らすということにおいては、王子と

アードルフ王の言い争いは功を奏したのかもしれない。

「レシャーナはすぐに連れて帰ります！」

「それは駄目だ！　レナは僕の妻だと言っている！」

そしてお互いの言い合いが、平行線を辿ろうとしているのを感じたのか、冷静さを思い出したレナが先に割って入ることにしたようだった。

「おふたりとも、落ち着いてください。感情的になっても、何も解決しません」

「レナは僕と離れたいのか!?」

「レシャーナ！　私たちと帰ろう！」

声をかけたことで、矛先が自分へ向かい、レナが思わず顔を顰めている。

どうしてそうなるのか、と言い返さないのが不思議なほど、顔にそんな感情が出ていた。

これではレナも感情的になってしまう。そうすれば、この場はもっと混沌としてしまうかもしれない。

クリヴは一抹の不安を感じて、止めに入るか、と意を決したところで、意外なところから声がかかった。

「お姉様は、お父様の気持ちを解ってくださらないの？」

「――え」

同じ顔の姉妹は、声まで似ているものだなと改めて気づかされた。

震える手で短剣を強く握り、もうそれで自分を傷つけようとは思ってはいないのだろうリシャーナ王女が、悲しげな顔で、涙を目にいっぱい溜めてレナを見ている。精いっぱいの勇気を振り絞っているように見える姿は、儚げな王女の健気さをよく表していた。

同じ顔であるというのに、これほど違いがある双子も珍しいのではと思うくらい、クリヴにすらふたりはまったく違って見える。

「お姉様はこれまでおひとりで頑張っていらしたんです。私はこれまで充分幸せにしていただきました。だからこれからは、私が代わってあげたいんです。ラヴィーク王子様のために、お姉様の代わりになるよう、精いっぱい努力いたしますから」

努力？

代わりに？

クリヴの頭に浮かんだ疑問は、きっと護衛たちにも浮かんだはずだ。皆で視線を合わせて、同じ意見だと頷き合う。

まったくこの王女は、何を言い出したのか、と呆れてしまうところだった。

王子がこれまで、興味がないとはっきり表して相手をしてきたにもかかわらず、それを理解しないとは、確かに彼女は「王女様」なのだろう。

これが自国の貴族たちならもっとはっきりと、しかしにこやかに逃げ出す算段を考えたに違いない。

王子は本来とても表情豊かな人で、今、その表情がないということは、とても機嫌が悪いということにほかならない。

クリヴたちにはそれがよく解るが、リシャーナ王女は自分の気持ちを優先するような女性だった。

これでは王子にしつこく結婚を迫る他の女性と変わらない。

王子が靡《なび》くはずがなかった。

周囲の誰もがそれを知っているのに、リシャーナ王女はレナが離宮に引き籠もってしまってからというもの、ずっと王子の傍にいることが仕事だと言わんばかりの態度を取った。王女という立場だから、と王子が我慢していたのにもまったく気づかずに。

とはいえ、改めてリシャーナ王女を見ていると新鮮な気持ちになってしまうのは、ここのところレナを相手にする王子しか見ていないからかもしれない。

王子がリシャーナ王女に振り向くことはない。

王子がレナを諦めるはずがない。

それが解っているから、いっそ憐れに思うくらいだ。

だが、リシャーナ王女も真剣なのだろう。そしてアードルフ王も、何故かリシャーナ王女の成長を眩しげに見つめて頷いた。

「よく言ったリシャーナ。それでこそわが娘だ。ラヴィーク殿、ここでご再考願いたい。国を助けていただいたときの恩は忘れておりません。恩を返せるように、必死にこれから国を盛りたてていくつもりです。決して我々はアルヴァーンを裏切ることなく、やり遂げてみせます。その証に、リシャーナをこちらへ嫁がせたい」

リシャーナ王女が嫁ぐ。

それがどういうことになるのか、解らないものなどこの場にはいない。

何しろ、一国の王女だ。助けた国と、助けられた国の違いはあっても、王族の娘を無下に扱うことはできないだろう。

そして王女を嫁がせるのなら、王子の正妃に決まっていた。

レナは本来同じ王女であるはずだが、まだ公にはなっていない。平民育ちの男爵令嬢と、生粋の王女であるなら、正妃に王女が収まるのが妥当であり、必定でもあるだろう。

そうすると、レナはどうなるのか。

一国の王が決めたことに従うのは、貴族としての義務でもある。

理不尽なことであっても、従わなければ国の根幹が崩れ落ちてしまうからだ。

しかしこの国に住む誰もが豊かに暮らせるように導こうとしている王子や王を見ていると、クリヴたちはこの国の執務官でいて、アルヴァーンの王族に仕えることができて幸せだと思っている。

彼らは無茶な要望を臣下に強いることはない。

与えられる命令は、必ず自分にはできると思われているからだと誰もが知っているからこそ、時折難題に当たったとしても、嬉々としてこなしていくのだ。

それができるのは、彼らがアルヴァーンの王族だからだとクリヴたちは思っていた。

隣国の王の言葉に従う義理はないが、国同士ということになれば外交問題がある。力の差は歴然としている国だとしても、守らなければならない線引きは暗黙の了解としてあった。だからこそ王子も、嫌々ながらリシャーナ王女の相手をしていたのだから。

王が決めたことなら、従うだろう。

それが守られるべき決まりごとだからだ。

だがそんな常識ともいえる決まりごとを吹き飛ばす人がここにいることを、忘れてはならなかった。

真剣なアードルフ王に対し、眉根を寄せている王子は恐ろしく低い声を出した。

「……またふざけた話を」

その不機嫌な声に、クリヴは知らず口元を緩めてしまっていた。気づけば、護衛たちも同じような顔をしている。

お互い、主のことをよく知っているものだなと笑い合ってしまった。

＊　＊　＊

これほど怒りの籠った声を、レナは初めて耳にした。

もう、レナの制止も効かないだろうというほど、王子は怒りを表していた。

目を瞬いて見ても、王子の怒りは本物で、今にも睨みつける相手を斬り捨ててしまいそうな気配を漂わせている。

ここは離宮の一室であり、戦場ではなかったはずだ。

レナは王子から視線が外せずにいたが、それはこの場にいるすべての者も同じだった。

「好き勝手なことを。そもそも、国を傾けたのは誰だ。王女を助けてくれと願ったのは誰だ。アルヴァーンがガーシュラムに手を貸したのは、完全に善意でしかない。その善意に対し、欲しくもない戦利品など必要ない。僕は要らないと、属国という荷物を抱える気もないとすでに言ったはずだ」

王子の気迫に、アードルフ王は声もなく、先ほどまで真っ赤になっていた顔は真っ青になっていた。失っていた理性を取り戻したのかもしれない。

一度はレナの言葉を受け入れ、穏やかになっていたはずなのに、自殺をしようとしたリシャーナ王女が飛び込んで来たとたん、そんな気持ちは吹き飛んでしまっていたようだ。

「国を助けた僕に、不要な荷物を押しつけるとはそれは正気の言葉か？　クリヴ！」

「はい」

「僕は誰だ」

「アルヴァーン国王太子、ラヴィーク・アラム・アルヴァーン王子です。アルヴァーンにとっては、国を導かれる尊きお方です」

突然の問いかけにもかかわらず、まるで問われることを知っていたかのように即答した。

「僕は何をした」

「十五の初陣では勝利を手になさり、それ以降幾度となく繰り返されるガーシュラムとの諍いには全戦全勝。アルヴァーンにおいても、ガーシュラムの国民にとっても、英雄と呼ばれるに相応しい栄光を手にしていらっしゃいます」

クリヴに並ぶ護衛の近衛隊士が胸を張って答え、他の者も同じ気持ちだというように頷いている。

彼らの言葉に、嘘はない。口にした言葉は本心から語っている。

優秀な側近を従える王子は、怒りに染まった姿さえ誰より美しい人だった。

記憶の間違いでなければ、レナに縋り被虐を求める人のはずだが、それさえ吹き飛ぶほどの壮絶な姿に、レナは悔しくも感じた。

どうして、こんなに見惚れてしまうのか。

その姿はレナに幼い日を思い出させる。

もうおぼろげにしか記憶に残っていないはずの、生き延びた日のことだ。

ユハとはぐれ戦場にひとり残され、逃げることもできず、怯えて立ち竦むことしかできなかった子供は、恐ろしい兵士の振りかぶった剣を、これが自分の最後の記憶になるのだろうとぼんやりと考えながら、ただ見ていた。

しかしレナは生き延びた。

他の誰でもない。目の前の王子の剣によって、レナを斬り倒すはずだった兵士は倒れた。

その向こうにいた人は、恐ろしいくらい綺麗で、強さと怒りを放っていた。

ちょうど、今のように。

同じ人に、同じように気持ちを揺さぶられるなんて、と自分に呆れる。しかし同じだけ、そんな気持ちをレナに向けさせる王子を憎たらしくも感じるのだ。

王子はひたりとアードルフ王を見据えた。

「その僕に、褒美を与えてやろうと言う貴方はいったい何様だ」

「私は――」

答えようとしたアードルフ王の声は掠れていた。

自分で戦うこともできなかった王が、戦士でもある王子に敵うはずはない。

「僕が欲しいのはレナだけだ。これまでも、これからも、僕の隣にはレナしかいない。同じ顔だからといって誰も代わりになどならない。これまでレナを離宮に置いていたのは、貴方がレナの親だからだ。しかしこれ以上、僕からレナを引き離すというのなら――不逞《ふてい》の輩として処分する」

誰を、何の罪で処分するというのか。

レナは驚いたものの、王子は真剣であり、側近たちも王子が一言いえばすぐに動くだろう。

「貴方がたがレナを王女だと言い張るのは、ただそちらの王女と顔が似ているという根拠しかない。顔が似ているものなど、広い世界を探せばまだほかにも出てくるかもしれないだろう。よって、レナが王女だということは妄想、虚言のひとつだと判断する」

王子の断罪に、側近たちは一様に頷いていた。

「これ以上の騒ぎは、両国に亀裂を入れるものにしかならない。国を残したいと思われるなら、このまま帰国されるがいい」

アードルフ王は一瞬怯んだものの、項垂《うなだ》れた様子は、頷きととってもよかった。

このアルヴァーンで、王子に勝てるものなど存在しない。

ガーシュラム国と力の差は歴然としていて、彼らにとって決して戦うべき相手ではないのだ。

アードルフ王はすべてを受け入れたように何度か頷き、そして一気に老いたように思える表情で、じっとレナを見つめた。

これが最後かもしれないと思うほど、しっかりと見つめられたあと、アードルフ王は細く息を吐き、王子に向き合った。

「……お騒がせいたしました。遠い昔に失くしたもうひとりの娘は、きっとどこか遠い場所で、幸せになってくれることでしょう」

力ない言葉にも聞こえるが、確かな王の言葉だった。

レナは、遠いどこかで、誰かが幸せを願ってくれると思うと、それだけで心が温かくなった。

それだけで良かった。

甘さだけをくれる人はレナには要らない。レナの代わりをする人も要らない。

レナはただ、これまでと同じように、レナとしてやりたいことをするためにここで生きると決めたのだ。

その想いを込めて、レナはブリダに教え込まれたとおり、美しい貴族の娘としての礼を見せた。

それがレナにできる、精いっぱいの返事だった。

アードルフ王は、レナの気持ちを受け入れたときと同じように穏やかな顔でもうひとりの娘に近づき、震える手にあった短剣をそっと取り上げた。

そして優しく肩を抱き、泣き顔のまま固まってしまったリシャーナ王女を引き寄せた。

きっと落ち着いた頃には、また挨拶もできるだろう。

遠くに住む、昔離れ離れになった家族がいるのだ、という気持ちをレナに残して、お互いが幸せになればいいと願った。

離宮にガーシュラムの人々を残し、アルヴァーンのものたちが引き上げようとしたとき、リシャーナ王女は強張った顔をレナに向け、震える唇をそっと開きながら、王子に視線を移動させる。

「……ラヴィーク王子様！　何が……私と、レシャーナお姉様の何が、違ったのでしょう」

それは王子に恋をした少女の声だった。

その問いの答えは、王子に想いを寄せる国中の娘たちが一番知りたいことかもしれないとも思い、レナはリシャーナ王女と同じく、緊張した気持ちで答えを待った。

しかし、王子の答えは簡潔だった。

「何もかもだ」

「……え？」

「君はレナではない。それがすべてだ」

あまりに簡潔で、レナすら驚いたほどだ。

しかし本当に、それがすべてなのだ。

レナはその意味をゆっくりと理解すると、じわりと体温が上がってくるのを止められなかった。

おそらく、顔だけではなく耳まで赤くなっているはずだ。

それは全員に見られてしまったが、とくに王子は一度目を瞠り、そして見覚えがある欲望の籠った視線をレナに向けた。

「レナ……！　こんなところで誘われると、応えないわけにはいかなくなるよ」

「誘ってません！」

いったいどうしてそんなことに、とレナが反論するが、王子はやはりレナの言葉を聞いていないのか、いや、聞いていても良いように解釈しているのか、あっという間に腕に抱き上げ、外へ向かった。

「ラヴィーク様!?　下ろしてください！」

「駄目だ！　レナの速度に合わせていたら我慢できない！」

「すでに我慢してない！」

せっかく最後に綺麗な別れで終われると思ったのに、王子のせいで台無しになっていた。

やはり、王子はレナの思う王子のままであり、変わりはない。

格好良いと見惚れてしまったのも、確かに王子に違いないのだろうが、絶えずその王子でいられると、レナの心臓が持たないかもしれない。だからこのままでもいいかな、とレナはこれまでで一番の速さで運ばれながら、そう思っていた。

しかしこの走りついた先になにがあるのかをもう知ってしまっているレナとしては、素直に受け入れられないのも事実なのだった。


王子の走りついた先は、王子とレナの寝室である。

そこにはキラが待ち構えていて、準備が整っていますとばかりに扉を開けて待っていた。

「キラ！」

「ごゆっくり」

助けを求めて呼んだはずなのに、気心の知れた侍女は関わり合いを拒否するように、綺麗に笑って王子とレナを寝室の中へ閉じ込めてしまった。

「呼ぶまで邪魔をするな！」

「畏まりました」

一緒に走っていた、王子に従順で王子の幸せを願う側近の声も、扉の向こうへ消えていった。

レナはふたりきりになってようやく王子の腕から下ろされ、ほっと息を吐いた。しかしそれも一瞬だった。

「これで邪魔するものはいないね」

「確信犯!!」

にこりと微笑む王子が憎らしい。

あまりに綺麗な顔であるものだから、さらに苛立ちが収まらない。

レナは本当に、どこにも行けなくなってしまった状況に怒りが突き抜けて、ぐったりと肩を落とした。

「ラヴィーク様は……本当に、私をどうなさりたいのですか」

溜め息のようにぽつりと呟くと、王子はレナの前で、その場に跪いた。

市井の評判もよく、貴族令嬢たちからの好意を一身に受け、国を導いてくれると信頼されている王子が、レナの前に膝をつく。それだけで、レナは震える思いがして一歩足を引きたかった。しかし後ろには寝台があり、逃げ場はない。

そのレナの手を取って王子は見上げた。

「好きだよ、レナ。僕と結婚して」

「――――ッ」

これほどに、直球で求婚されることなど、この先一生ないだろう。

顔が真っ赤になっていると自覚しながら、レナはそれでも必死に言葉を紡いだ。

「け、結婚は、もうしましたが!?　まだ何か必要ですか!?」

これ以上、レナの何を奪うつもりなのか、王子の考えていることが解らず、ただうろたえる。王子はそのレナに、ただにこりと微笑んだ。

「ちゃんと求婚していないことを思い出したんだ。レナは、もっと大勢の人に囲まれて結婚式をしたかったんじゃないかな、とも思って」

それは、誰にも言ったことのないレナの夢だった。

普通の人より波乱の人生を歩いていると自覚しているレナは、これまでお世話になった人、助けてくれた人、すべてに祝福されるような結婚式を挙げることが夢だったのだ。

まるで子供のような夢で、笑われることを知っていたから、誰にも言ったことはない。

なのにどうして王子が気づいたのか、レナは頬を染めながらも不思議で仕方がなかった。

「ど、どうして、そんな……」

「レナのことを見ているから。僕は、レナしか見ていないから」

だからと言って、気づくものだろうか。

いったいレナは、どれほど王子に見透かされているのだろう。

口では嫌だといいながら、大きな手を撥ねのけようと必死になりながらも、王子を受け入れてしまっているレナの気持ちを知っている王子。

もう逃げ出せる場所がなくなり、レナはうろたえることしかできなかった。

落ち着く場所は、王子の前ではもうどこにもない。

まだ出会ったばかりで、被虐的な王子に嗜虐的なことを要求され、意にそまないことばかりだと憤ってみても、レナの本心を見抜いている王子。

ふと、王子はいったい自分のどこが良かったのか、とレナは考える。

レナは自分を知っている。孤児院で育ち、生きるためにユハと何でもやった。ブリダに拾われ、真っ当な人生を歩むために教育を受けた。厳しいものだったけれど、ひとりではないことが嬉しくて仕方がなかった。ブリダに養女にされたことも、レナはただもうひとりにはならないのだという理由で喜んだ。

選んでくれたブリダのために、その意思に沿うように必死になった。それが本当のレナなのかと言われると、レナ自身も自信がない。だから緩く首を振った。

「私は」

「僕は、レナに夢中なんだよ」

強い声で王子が遮った。

微笑んだ顔の中にあるその目は、何より強く真剣で、レナもまっすぐに見返した。

「レナが冷たいことを言ってくれるのは、ゾクゾクして嬉しい。鞭を振るう姿も、うっとりする。僕のわがままに応えてくれる、優しいところも好きだよ」

つまり王子は、強要している自覚もあったのか。

どこまで自分勝手なのだろうと呆れながら、この国の王太子という立場の男が、自分勝手でないというのもおかしいことかとどこか納得してしまった。

「あと、この前気づいたんだけど……レナが抵抗するところ、すごく興奮するんだよねぇ」

「…………はい？」

「泣きそうな顔とか、どうすれば泣くのかな、とか考えると、僕を蔑む姿よりもゾクゾクしちゃうんだ」

嬉しそうに、頬を染めてうっとりとする姿に、レナは何も言い返せなかった。

むしろ、すぐさま走って逃げ出したかった。いったいどうしてこんな逃げ場のないところに立っているのか、自分で自分を罵りたい。

追い込まれている、と気づいたときには遅かった。

大きな腕に抱きかかえられたかと思うと、すぐにレナは寝台へ下ろされた。逃がさないと身体で示すように、四肢で檻のように覆いかぶさるのも速かった。

「レナ、もうどこにも行かせない。誰にも触れさせない。もう誰も邪魔することはできないんだ……そう、他の貴族にも、大臣たちにだって、僕たちの邪魔はさせない」

王子の顔が、覆いかぶさっているせいで影になり、恐ろしいものに見える。

そのくせ、声だけはひどく嬉しそうで、その差異に、レナは背中を震わせた。

王子は何もかも理解していたのだ。

レナが何に怯えて、何に躊躇い、王子の気持ちを撥ねのけていたのかも、よく知っているからこそ、ここへレナを連れてきた。

おかしな嗜好を持っているせいで、レナの中で王子の評価は下降するばかりだったが、王太子の評判は国中のどこで聞いても素晴らしいものだった。

政治力もあり、執務官からの信頼も厚く、国を導いていける唯一の人間であり、戦に出れば負け知らずな知略を持ち、手柄も誰よりも多く、貴族から平民にいたるまで安心感を持たせてくれる人でもある。

そんな人が、何も考えずレナで遊んでいるはずがなかったのだ。

おかしな人なのに、時折見せる強い姿に、レナが恋に落ちてしまっていることも、きっと知っていたのだろう。逃げられないレナを、力で引きとめてくれるのは、王子の甘い温情なのかもしれない。レナに逃げ出そうという気持ちを忘れさせず、抵抗する意志をちゃんと持たせてくれたのは王子の優しさだ。

すべてが王子の手のひらの上でのことだった。

レナは逃がされ、捕まえられ、その中でまた足掻いているに過ぎなかった。

「レナ、幸せになろうね」

「ま――――待って待ってまてまてま……ッ」

暗い影を作ったまま、王子はレナに近づいてくる。それが何をするのか、もう知らないわけではないレナは慌てて押し返すものの、力ではやはり王子に敵わない。

声で抗っていても、それを塞がれてしまえば何も言えなかった。

「……ッん、んっ」

王子の口付けは、ずるい。

両手で頬を包んで、深く奪ったかと思うと、優しく啄むように何度も触れてきて、角度を変えてレナの唇を解していく。

強引さと優しさが混ざったそれに、レナが頭で上手く考えられなくなるのはすぐだった。

強く肩を押し返していた手も、いつしかしがみついてしまっていた。

王子の舌が、レナの舌に絡む。操るように、レナの口腔を撫でて遊ぶ。レナの想像もしていなかった性感帯を、王子はすぐに見つけて弄んでいる。

遊ばれているのだと思うと、レナは思わず縋った手で硬い肩を叩いてしまう。

抵抗というには、小さなものだった。

しかし王子は一度キスを止め、嬉しそうに口端を上げて微笑んだ。

「もっと、抵抗して。抗って。僕を傷つけて――レナ、君にだけ、傷つけられたい」

「――ッ」

なんということを言うのだろう。

その美しい唇から耳に届いた声は、レナのおかしくなりかけた思考を狂わせるには充分だった。

ぬちぬちと濡れた音が寝室に響いていた。

それ以外は、荒くなった呼吸しかない。

柔らかな寝台の上で、レナは何も身に着けていなかった。いったいいつ脱がされたのか、記憶は曖昧だ。そして王子の姿も同じだった。王子もいつ脱いだのか、解らない。

それでもふたりは肌を擦り合わせ、すでに幾度目かになる繋がりを感じている。

レナの片脚を上げて、秘部に自分の性器を押し込むように腰を揺らしている王子は、とても嬉しそうにレナを見下ろしていた。

レナはただ、敷布に手を絡めてその揺れに耐えているしかない。

王子の背中には、いくつかの爪跡が残されていた。他の誰でもない、レナがつけたものだった。

強く、最初に求められたとき、背中に腕を回し、知らず爪を立てたようだ。それが何より嬉しいと顔を緩める王子に、レナは熱くなる身体の中で冷ややかな気持ちを感じ、目を眇めた。

しかし、返された王子の目は、何よりも輝いていた。

逆効果だった！

レナがそう思ってももう遅かった。

王子は冷めたレナの気持ちをもう一度熱くさせるほど、激しさを増した。そこからさらに王子は執拗になり、休むという言葉は王子にはないのかと思うほど何度も責めたてられた。

「もう、だめ、無理……っ」

抱きかかえるようにしたレナの片脚を、何より愛しいものだと言うように口付け、撫で回し、腰を揺らし続ける王子に、レナは体力の差を感じていた。

愛撫に翻弄され、もう相手を傷つけてやる力さえないのだ。

力なく頼みはしたが、きっと聞き入れてもらえないだろうというレナの予想は正しかった。言葉と一緒に返された満面の笑みに、レナは絶望を感じるほど力が抜けた。

「まだだよ。全然レナが足りない。もっと感じて。僕を一緒に感じて？」

そうすれば、この先にもっと幸せがあるはず、と断言する王子に、レナは力なく首を振るしかない。

「もう……むり、一生分した気がする。もう終わり、感じないの……っ」

子供が駄々を捏ねるような声になったが、レナの本心でもあった。

すでに王子の揺さぶりに揺れることしかできずにいた身体が、これ以上どうにかなるとも思えない。

レナはすでに諦めていたが、王子は面白いことを思いついたように目を輝かせた。

「大丈夫、ちょっと変えればいいよ」

なにを変えるのか。

レナが聞く前に、王子は素早く動いた。

寝台に倒れていたレナを抱き起こし、うつ伏せになるように返してしまう。レナの腰だけを高く持ち上げて後ろから抱きかかえた王子に、何が起こっているのかレナが気づいたときにはすでに遅かった。

「ン、あぁぁ――っ」

「ん、あ――きつい、まだきついね、レナ」

背後から獣《けもの》のように犯されたレナの耳には、王子の言葉は届かなかった。

苦しさが増した気がした。

けれど苦しいだけではなく、終わってしまっていたはずの熱が戻ってくるのを感じて、レナは目が潤むのを止められなかった。

「んぁっあっや――……っ」

「ああレナ、可愛い……」

乱れた髪を片方へ掻き分け、覗いた耳に囁いては口付ける。熱い吐息が耳にかかるだけで、レナの腰が跳ねた。

まだこんなにも、反応してしまう自分がいる。

いったいどこまで王子はレナを暴いてしまうつもりなのだろう。

レナの知らないレナを、どこまで知っているのか。

「い、やっあっあっ」

レナの跳ねる声に合わせて、王子の穿《うが》つ腰つきが速くなる。

そんなに速くしないで。強くしないで。

すべてが終わってしまいそうで、レナは必死に願うものの、王子には通じないようだった。

背中から覆いかぶさるように、丸い胸に手を這わせ、お腹を何度も撫で、自ら動くこともできないレナを逃がさないように抱きかかえて、王子は嬉しそうに笑っていた。

「ん、あ、あぁぁ……っ」

熱い飛沫が自分の奥深い場所で弾けて、レナはその熱で思考が真っ白になっていた。

そのレナの耳に、甘い王子の声が届く。

「レナ……ああ、本当に、僕のレナになって。もうどこにも行かないで。僕だけを見て、僕だけを傷つけて、僕だけに泣いていて」

まるで呪いのようだった。

レナを縛りつける呪いの言葉。

意識もほとんどなくなったレナの身体にしっかりと植えつけられた王子の願いだった。

意識を取り戻したとき、レナは覚えていないはずの願いをどこかで理解していて、王子の腕から逃げられないことに何故か安堵し受け入れている自分を不安にも感じたが、どこかすっきりとした気持ちに包まれていた。

終章

その日は、朝から空気は冴えわたり、晴天になるだろうと誰もが期待する一日の始まりだった。

アルヴァーン国では、国境に近い小さな村や町でも朝から賑わいを見せていた。とくに宮殿のある王都では、誰もが喜びに溢れ、笑みが交わされている。

国民の誰もが浮かれて騒いでいた。

それを咎めるものは誰もいなかった。この日は、誰もが喜んで騒いでいいとのお達しがあったからだ。

今日、アルヴァーン国の王太子であり、国の英雄と称されるラヴィーク・アラム・アルヴァーン王子の婚礼が行われた。

国を救い、国を助け、国を導いてくれると誰もが知っているラヴィーク王子は、誰よりも国民に慕われていた。

その王子が選んだ相手は、予想外の経歴を持つ女性だった。

なんと出自は不明の、平民だったと言う。その女性は幼い頃男爵家に拾われ、いつしか養女となり大きくなった。そして初めての社交界で、王子に見初められて求婚を受けたと言う。

まるで夢物語のような、と巷で噂になる馴れ初めに、国民はおおいに沸いた。そして喜んだ。

国民に優しく、国を思う王子は、本当に英雄なのだと謳われた。

宮殿の奥の神殿で、貴族たちに見守られながら厳かに婚姻式を終えると、王子は王太子妃となった女性と共に国民の前に姿を現した。

仲睦まじいふたりの姿に、さらに国民は喜んだ。

美しい王子の選んだ王太子妃は、とても美しかった。王子の隣で微笑み、優しさを振り撒く王太子妃に、すべての人が祝福を送った。

宮殿の前にある広場を見渡せるバルコニーに立ち、レナは自分の声も聞こえないほどの大歓声を受けて、喜ばれていることに安堵し、嬉しさに目頭が熱くなった。

しかしこの日に涙を見せるわけにはいかないと、必死で自分を律する。

隣に立つ王子は、今日も麗しい顔で同じように国民に手を振っている。

王子はふいにレナに振り向き、今日のために選びに選び抜いた美しいドレスを身に纏ったレナを見て、もう一度微笑んだ。

「レナ、夢が叶った？」

どうしてそんなことを今聞くのか。

レナは気持ちが溢れて、上手く声が出せなかった。

この光景は、レナの夢以上のものだ。

それを叶えてくれた王子に、何を返せばいいのか解らないほどだ。

想いが溢れて喉が詰まったが、必死に呑み下し、歓声に掻き消されそうだと思いながらも、掠れた声で答えた。

「……ありがとう」

微かな声は、聞こえたかどうかは解らない。

それはレナが一番言いたかった言葉だった。

ようやく言えたことにほっとする。この言葉を言うだけなのに、こんなにも時間がかかったことに笑いたくもなる。

あのとき、助けてくれてありがとう。王子のおかげで、ユハと一緒にいられた。ブリダと出会えた。家族と思える人と過ごせた。

そして今、ここに立っていられる。

すべての気持ちを込めて、レナはお礼を言いたかった。

すると、王子は嬉しそうに目を細め、躊躇わずレナの唇を奪った。

「……！」

それはすぐに終わったけれど、国民の前でのキスだった。

さらなる大きな歓声が響くのと、驚いたレナが羞恥に顔を染めるのは同時だった。レナがそれを誤魔化すために文句を言う前に、王子は口を開いた。

「ねぇレナ。そういえば、僕はまだご褒美をもらっていないんだけど……？」

「…………」

それはいつのご褒美のことなのか、思い出して、レナはそのまま固まった。

いったいどうして今そんなことを思い出すのか。

そしてレナに何を求めているのか。

期待の籠った目は輝いていて、レナはまったく変わらない王子に笑い出したくなった。

しかし、期待されているのなら応えなければ王太子妃としての立場が廃る。

レナは養母から教わったままの笑みを口元に浮かべて、目をゆっくりと細めた。

「……そう、ご褒美が欲しいのね？」

「欲しい！」

全力で強請ってくる王子は、まるで子供のようだ。

しかし、強請る内容は子供のものとは思えないのだから、性質《たち》が悪い。

レナは白い手袋をした指でゆっくりと、掠めるように王子の頬に触れて囁いた。

きっと、どんなに小さな声でも王子は聞き逃さないはずだ。

「……今日のドレスの下にはね、鞭しかつけていないのよ」

それが何を意味するのか、理解した王子の目が驚愕に見開かれた。

それを見て、レナは心から満足した。

いつもいつも、驚かされて惑わされるのがレナだけでは面白くない。やられてばかりでは、悔しさしか残らない。

いつか一矢報いたいと思っていたレナの願いが叶ったラヴィークの驚き顔を見て、レナは楽しそうに笑い声を上げた。

「大好きな旦那様、私をずっと可愛がってね」

そう言って指先で自分の唇に触れると、赤い紅が付いた。

それを移すように固まったままの王子の唇に当てると、自分の痕が残ったようでレナはもっと嬉しくなった。

しかしレナの余裕はそこまでだった。

「きゃ、あっ!?」

驚いた声を上げたときには、王子の腕に抱きかかえられ、すでに足は宙に浮いている。

「だめだめだめっ何を考えているのっ今は駄目！」

「駄目なのはレナだ！　こんなにも煽って僕を狂わせたいの!?」

そんなつもりはない！

そう叫びたかったレナの声は、王子の勢いに呑まれて消えた。

後ろに控えていた王子の側近たちは今日も有能で、想定内の結末だと言わんばかりにすでに道を空けていた。王子が通りやすいように、皆が道を作っていた。

その人たちの中に、レナはすべての顔を見た。

大事な母や、兄と、家族もいた。

彼らは皆笑っていた。

王子の足は今日も速く、レナはその間をあっという間に通り抜けたけれど、皆のその笑顔は一生忘れないだろうとレナも同じように笑った。

あとがき

本当のドMは愛を知った鬼畜《きちく》だ。

とか真理っぽいことを考える今日この頃。

皆様M派ですか？　S派ですか？　どっちにしろこの本を手にしていただいてありがとうございます。今回もちょっと弾《はじ》けちゃった秋野《あきの》です。

今回のヒーローであるMさんを書くにつれ、本当の被虐《ひぎゃく》とは……とすごく考えてみたりしました。そして本当の痛みは、痛みを与えることも知らなければ解らないのだ！　と思い至ってしまったわけです。

何しろ、相手にいたぶられることを、いたぶる心境を想像するだけでイっちゃいそうなヒーローだもの。

それによりSさんに移行してしまったわけですが。

前回、Sさんだったので今回はM男にしよう、とか安易《あんい》に思ったわけではない。はず。……たぶん。

今回も誰より自分が楽しくて仕方なかった。

執着を感じる愛について、じっくり考えてみて、時には秋野もムーディに大人の色気が漂うような耽美《たんび》な世界に浸《ひた》ってみたいな、とか夢見ないわけではない。

ただその方向で考えると、途中でどっちかが不幸になりそうな結末しか望めなくなるので……ハピエン至上主義者の秋野としては、それはいけませんね、と本能のごとく避け、明るく楽しい執着M野郎になってしまったわけです。

今回、あとがきに三ページもいただいてしまったのでもう少し頭の中身をさらそうと思います。

鞭を持った美女と、両手を広げてそれを迎え入れる男。というイメージが最初に頭の中にあったわけですが、こういう内容はやっぱり夜に進みます。夜の進行が早いです。「真夜中のポエム」的な進行具合です。

「真夜中のポエム」と違うのは、朝起きて読み直しても恥ずかしさより楽しさが勝ってしまっているというところでしょうか。

鞭を振るうヒロイン。美人なヒロイン。美人なら泣かせなきゃ！　どうやったら泣いてくれるのかなー。どうやって虐《いじ》めたら楽しいのかしら。どうやったら反撃してくれるのかしら。

などと考え始めると、筆はさらに進みます。

ただ、自分の中で残念なことは、楽しくなればなるほど妄想が止まらず吐き出すのが勿《もっ》体《たい》ないな……と自分の中で長時間寝かせてしまうことでしょうか。

はやく吐き出せばすっきりすると解っていても……好きなあの子は手放したくない！と考えるあまり、毎度毎度担当さまには本当にお世話をかけてしまっております。

この場を借りて、深くお詫びを申し上げたい……そしてお礼と感謝を！　いつも秋野に付き合っていただき、ありがとうございます！

さらに今回も美しい絵をいただいてしまって、イラストを描いてくださった成瀬山吹《なるせやまぶき》さま、本当に美しくかっこいいキャラクターたちをありがとうございます！

ここはこの世の楽園？　てくらい秋野は喜ばされっぱなしです。いつか穴に落ちるんじゃないかとちょっと不安。

その穴は自分で掘りそうな気もしてさらに不安。

テンションが高いというより、ふわふわしてて足下が不安定なだけの気もしますが、それでもまた新しく本を出せたことに感激し感謝しております。

神様ありがとう。

妄想を世の中に吐き出すことを許してくださって本当にありがとう。

鞭を振るう美女を書かせてくれてありがとう。

M男が楽しくてたまらない性格の自分にしてくれてありがとう。

秋野は今日も、人生楽しいようです。

この幸せを皆様に少しでも共感してもらえることを願って。

秋野真珠《しんじゅ》

この本を読んでのご意見・ご感想をお待ちしております。

◆ あて先 ◆

〒101-0051
東京都千代田区神田神保町2-4-7 久月神田ビル7階
㈱イースト・プレス　ソーニャ文庫編集部
秋野真珠先生／成瀬山吹先生

王太子《おうたいし》の運命《うんめい》の鞭《むち》

2015年10月4日　第1刷発行

著　　者　秋野真珠《あきのしんじゅ》
イラスト　成瀬山吹《なるせやまぶき》
装　　丁　imagejack.inc
D　T　P　松井和彌
編集・発行人　安本千恵子
発　行　所　株式会社イースト・プレス
〒101-0051
東京都千代田区神田神保町2-4-7 久月神田ビル8階
TEL 03-5213-4700　　FAX 03-5213-4701
印　刷　所　中央精版印刷株式会社

ISBN 978-4-7816-9562-4
定価はカバーに表示してあります。